KB078284

FUSION FANTASTIC STORY

자미소 장편소설

GRAND SLAM

그랜드슬램

그랜드슬램 1□

자미소 장편소설

초판 1쇄 찍은 날 § 2017년 6월 14일
초판 1쇄 펴낸 날 § 2017년 6월 21일

지은이 § 자미소
펴낸이 § 서경석

편집책임 § 김슬기

펴낸곳 § 도서출판 청어람
등록번호 § 제387-1999-000006호
등록일자 § 1999. 5. 31
어람번호 § 제1-2716호

주소 § 경기도 부천시 부일로 483번길 40 서경B/D 3F (우) 14640
전화 § 032-656-4452 팩스 § 032-656-4453
http://www.chungeoram.com
E-mail § chungeorambook@daum.net

ISBN 979-11-04-91361-7 04810
ISBN 979-11-04-91038-8 (세트)

C O N T E N T S

Chapter 78
자양분(滋養分)

준우승자로서 시상식에 서는 것은 참으로 오랜만이었다. 회귀 후엔 처음 있는 일이기도 했다.

"……."

인터뷰를 마치고, 준우승컵을 받고, 페더러가 우승컵을 들어 올리는 모습을 보는 영석은, 맞지 않는 옷을 입은 듯, 어색하고 또 어색해 보였다.

"#%@#%!~!!"

남우세스럽게 눈물을 보였던 페더러가 영석을 붙잡고 뭐라뭐라 떠들어댔다. 유창한 영어였지만, 전혀 알아들을 수 없었다.

껍데기.

마치 사람으로서 어떻게 행동해야 하는지 잊은 인형처럼, 영석은 미비한 미소를 얼굴에 얹고, 이리저리 절차대로 움직였다.

"우리 아들, 고생 많았어."

영석이 나오자 한민지가 대뜸 영석의 품으로 파고들며 눈물을 흩뿌린다. 흑백으로 가득했던 영석의 심상(心狀)이 총천연색으로 서서히 물들어갔다. …왜 이다지도 모친의 목소리는 늘 자신의 모든 것을 해체할까. 영석은 그것이 궁금했다.

"…하하. 져버렸어요."

"괜찮아. 잘했어."

이현우가 다가와 영석의 머리를 쓰다듬으며 위로했다.

아무것도 느낄 수 없었던 촉각이 아버지의 손길에 되살아난다.

"흑… 영… 흑! 석아……."

진희는 아이처럼 양팔을 벌리고 천천히 영석에게 다가와 한민지와 영석을 한 번에 끌어안았다. 그 모습이 어찌나 서러워 보였는지, 영석의 가슴이 뜨끔해졌다. 무언가 단단하게 뭉쳐 있던 것에 금이 가고, 마구 흘러넘치는 느낌이다.

"……."

두 여인의 품에 안긴 영석은 실로 난감한 기색이었다. 일행에게 덮어 씐 분위기가 울적했기 때문이다. 그리고 영석은 비슷한 광경을 예전에도 겪은 적이 있었다. 바로, 휠체어 테니스를 할 때다.

'적응이 안 되는 거겠지. 그리고 나에 대한 걱정도 있고……'

낯섦.

영석을 알고 있는 모든 이들은 '패배'라는 요소에 대한 면역이 전무하다. 토너먼트 도중에 탈락을 한다면, 그것은 패배가 아닌, 부상인 경우다. 그 외의 모든 대회에서, 영석은 믿기지 않게도 단 한 번의 패배도 기록하지 않았었다.

'그때도 달래느라 얼마나 힘들었는지……'

휠체어 때도 마찬가지였다.

사람인 이상, 일 년에 몇 번이고 질 수 있다. 하지만 그걸 처음 겪는 지인들은 모두 패닉에 빠졌었다.

정작 영석은 담담함을 유지할 수 있었는데 말이다.

"……"

망연자실(茫然自失).

아니, 망국지탄(亡國之歎)이 이러할까.

박정훈은 아예 숨 쉬는 것도 잊고 멀찍이 떨어져 영석을 하염없이 바라보고 있었다. 조잘조잘 잘도 간죽거리던 김서영 또한 땅을 보고 눈가를 훔치고 있었다.

'곤란하네……'

사방이 선의로 가득한 우울함으로 점철되어 있었다.

                    *   *   *

"아쉬운 점은 없었습니까?"

시합이 끝나고 난 후에도, 패자에게 가혹한 일정은 잡혀 있다. 특히 영석처럼 '신성이자 최고의' 선수들은 주목도가 높았기에 언론을 쉬이 무시할 수 없었다.

지금 질문을 하고 있는, 서양인 기자의 어조는 무미건조하다. 기자회견이라는 형식이 괜한 엄숙함을 심어주는 것 같았다.

"패배란, 프로로 살아가면서 반드시 겪을 수밖에 없는 통과의례라고 생각합니다. 아쉬운 점은 높은 텐션에서의 경기력을 끝까지 유지하지 못했다는 점입니다."

기분을 건드는 질문이었지만, 영석은 유려한 답변을 뱉으며 질문을 한 기자의 눈을 똑바로 보았다.

"…답변 감사합니다."

머쓱하게 앉은 그 서양인 기자의 뒤를 이어, 동양인 기자가 벌떡 일어났다.

"아사히신문(朝日新聞)의 야마다입니다. 질문드릴 수 있는 기회를 얻게 되어 기쁘고, 아쉬운 패배에 심심한 위로의 뜻을 보내 드립니다."

일본인 기자였다.

자국인도 아닌, 한국인인 영석의 '첫 패배'는 이렇듯, 국적을 막론하고 거대한 이슈가 되어 있었다. 일본 최대의 언론 중 하나인 아사히까지 나설 정도인 것을 보면 말이다.

"질문하세요."

예의 바른 언변에, 영석은 기껍게 고개를 끄덕였다.

"지금까지 이렇다 할 적수가 없는 것 같았는데, 페더러라는 선수를 만나 패하게 됐습니다. 패배의 요인은 무엇이라고 생각하십니까."

영석은 그 질문을 듣고 고개를 갸웃했다.

영어가 미숙하지 않다면, 이 기자의 질문은 그릇된 것이기 때문이다.

"ATP에는 좋은, 아니, 훌륭한 선수들이 많습니다. 저뿐 아니라 휴이트, 페레로, 애거시, 나달, 로딕 등… 많은 선수들이 모두 자신의 경기력을 유지하기 위해 최선의 노력을 기울이고 있습니다. 저는 이들을 상대하며 늘 최선의 경기력을 유지하기 위해 애썼습니다. '이렇다 할 적수가 없다'는 표현은 다른 ATP 선수들에게 실례가 될 수 있다고 생각합니다."

"……."

아주 약간의 뉘앙스 문제였지만, 충분히 영석이 불쾌하게 받아들일 수 있다고 납득한 기자가 찔끔하며 머리를 긁적이고는 고개를 숙여 보였다. 그 모습을 본 영석이 고개를 끄덕이고는 말을 이었다.

"패배는… 이번 무대에서 발휘한 제 기량의 총합보다, 페더러가 발휘한 기량의 총합이 조금 더 컸기 때문입니다. 그는 훌륭한 선수이고, 앞으로의 투어 생활에서 저의 호적수가 될 거라 생각합니다."

"답변 감사합니다."

일본인 기자는 그렇게 영석의 답변을 듣고 자리에 앉았다.

"BBC의 애드 요크입니다. 비록 이번 윔블던에서 패하시긴 했지만, 두 번의 참가 만에 호주 오픈 우승, 첫 참가에 롤랑가로스 우승, 2003년 전반기 무패……. 아시아 선수로서, 아니, 테니스 선수로서 전 세계를 통틀어 전례가 없는 퍼포먼스를 구가하고 계신데요, 영석 선수가 활약을 하게 되며 세계 테니스인들의 관심이 아시아로 쏠리고 있습니다. 아시아의 테니스에 대해 어떻게 평가를 하시고 계신지 여쭙고 싶습니다."

이번 경기와는 전혀 상관이 없는 질문이었지만, 서양인으로서 아시아에 대해 궁금증을 가질 수 있다고 판단한 영석은 충실히 답변을 해주었다.

"전례가 없진 않습니다. 제 파트너인 김진희 선수도 WTA에서 역사를 새로 쓰고 있는데요."

영석이 가볍게 능청을 떨자 낮은 웃음소리가 자욱이 깔린다. 그제야 '패배한 선수에게 질문을 던지는 것에 대한 꺼림칙함'이 다소 해소되었다.

분위기를 살짝 전환한 영석이 말을 이었다.

"아시아 테니스의 한계로 지적되었던 것이 '신체 능력'입니다. 하지만 이는 잘못된 상식입니다. 올림픽을 보시면 종합 메달에서 10위권에 한국, 중국, 일본 등의 아시아 국가들이 자리하고 있습니다. 종목을 불문하고 신체 능력에 있어서는 그다지 나쁠 것이 없다는 거겠지요. 중요한 것은 '인프라'인데, 아무래도 일본을 제외하면 대부분의 아시아 국가들은 인프라가 미비합니다. 그 점이 '유일'한 문제라고 생각합니다."

"그럼 인프라가 개선되면, 앞으로 당신과 같은, 위대한 선수들이 아시아에서 또 나올 수 있다고 생각하십니까?"

"물론입니다. 최소한 몇 년에 한 번씩은 나올 거라 생각합니다. 아, 저를 위대한 선수라 말씀해 주셔서 감사합니다."

영석이 멀끔하게 웃으며 겸양을 떨자, 여기저기서 감탄의 소리가 나온다. 첫 패배를 당한 선수답지 않은, 멀끔한 태도가 신선하고, 훌륭하게 다가온 것이다.

전 세계의 유력 언론들을 상대하고 나선, 한국 언론들만을 모아 짧은 기자회견을 가졌다.

"진 건 전데, 왜 기자님들이 울상이에요?"

자주 얼굴을 마주해서일까.

영석이 '공식' 기자회견임에도 불구하고, 기자들의 우울함을 걷어내 준다.

그제야 기자들이 이런저런 질문들을 한다.

'정말 아까웠다', '너무 아쉽다', '그래도 최고였다'… 기자로서의 질문이라기보다, 친한 형들이 위로를 전해주는 것 같지만 말이다.

"향후 일정은 어떻게 진행하실 예상입니까?"

우중충한 분위기 속에서 박정훈이 총대를 메고 영석에게 질문을 던졌다.

빙긋 웃은 영석이 고개를 끄덕이고는 차분히 답했다.

"계획했던 대로, 우선은 미국 플로리다로 가서 US오픈을 대비한 총체적인 훈련을 약 2주간 진행할 예정입니다. 그 후, 인디애나폴리스(Indianapolis), 워싱턴(Washington)에서의 대회에 참가해 오랜만의 하드 코트에 익숙해질 요량입니다. 그리고 ATP마스터스 시리즈인 캐나다(Canada)는 스킵하고, 신시내티(Cincinnati)엔 참가할 예정입니다. 그다음은… US오픈이죠."

마지막 단어, US오픈.

그 단어를 뱉자, 영석의 분위기가 일변한다. 차갑고 냉철한 투지가 넘실거린다.

"……."

"……."

맹한 사람처럼 빙글빙글 웃기만 하던 영석이 정색하자, 기자들의 긴장감도 더없이 높아졌다. 세계 톱을 달리고 있는 선수가 내뿜는 기세는 일반인들로서는 감당하기 어려웠다.

싸아아―

분위기가 차갑게 식어갔다.

"좋은 모습 보여 드리겠습니다."

다시 훈풍 같은 목소리가 이어졌다. 여기저기서 기자들이 안도의 한숨을 내쉬었다. 그렇게 아쉬움과 위로 가득한, 따뜻하면서도 영석에겐 달갑지 않은 기자회견이 끝을 맺었다.

그 후로도 가족과 지인들에 둘러싸여 위로의 한밤을 보낼 것이라 예상했던 영석이었지만, 과연 이들은 달랐다. 영석 혼자만의 시간을 준 것이다.

탁―

어두운 방 안.

영석이 방문을 닫고, 몸을 뒤로 기대었다.

턱—

차가운 나뭇결이 등에 닿자 폐에 머물고 있던 찌꺼기들이 나오듯, 시끄러운 한숨이 새어 나왔다.

"휴우······."

한숨을 내뱉자, 몸과 정신이 텅 비어버린 것 같다. 일순, 영석의 몸이 차갑게 식었다.

"젠장······."

까드드득—

구깃구깃 손가락을 접어 단단하게 주먹을 쥐었다. 작은 바위 같은 옹골참이 느껴졌다.

"······."

그러나 영석은 그 주먹을 어디에도 휘두르지 않았다. 아무리 화가 나도 신체를 상하게 할 수는 없는 노릇이라는, 희미한 이성이 그를 붙들고 있는 것이다.

스윽—

영석은 그대로 문에 기대어 스르르 앉았다. 분노로 인해 무엇인가에 폭력을 행사하고 싶다는, 인간의 본능이 꿈틀대었지만, 그것 또한 몸을 가라앉히듯, 저 밑에 박아두었다.

"씨발······."

몇 번 해보지도 않아, 어색하기만 한 욕설이 나직이 울려 퍼진다.

'분하다.'

영석의 뇌리에 경기 장면들이 복기되기 시작했다. 주로 5세트의 장면들이다.

'명암을 가른 게… 체력이라니. 체력!!'

휘몰아치는 사나움과 침착한 탐구심이 마구 뒤섞인다. 아무리 쿨한 척해도, 분한 건 분한 것이다.

'그놈은… 목숨을 걸었어.'

3시간 23분.

4, 5시간 정도를 마음껏 뛰어다닐 수 있는 프로 테니스 선수에겐 그리 긴 시간이 아닐 수도 있다. 하지만 아주 높은 수준에서 정신과 육체를 다룬 결승전 무대에서의 3시간 23분은, 상상보다도 더 가혹했다. '한계'라고 인식되는 순간이 서너 차례나 계속해서 찾아왔다. 영석으로서도 처음 겪는 일이었다.

페더러의 창백한 얼굴이 떠올랐다. 그건 앞도 뒤도 보지 않고, 지금 그 순간을 위해 생을 불태우는 선수에게서나 볼 수 있는 모습이었다. 엄청난 집중력과, 그로 인한 엔도르핀의 홍수.

체력적인 한계를 인식하지도 못했을 것이다. 자신을 기다리고 있는 생애 첫 메이저 대회 우승을 위해서라면, 사지가 부서져도 웃을 수 있었을 것이다.

'난 그러지 못했어.'

영석 또한 즐기고, 치열하게 움직이는 것을 즐긴다. 체력적인 한계를 뛰어넘는 것도 잘한다고 생각했다. 하지만 그 모든 것들을 동원해서 다 불태웠을 때, 그 미지의 영역은 영석의 생각보다 더 냉엄했다.

달리 말하자면, 결승전에서의 페더러와 같은 선수를, 영석은 전생과 회귀 후를 통틀어, 단 한 번도 겪어보지 못한 것이다.

"부족한 거야……. 아직도 부족한 거라고……."

혼자만의 시간.

영석은 앞으로 나아가기 위해, 오늘은 마음껏 자신의 밑바닥을 손톱으로 박박 긁어대기로 마음먹었다.

                    *   *   *

"언젠가 겪을 일이었다고 생각하고, 너무 기죽지 마. 앞으로 남은 일정 잘 소화하고. 다음엔 미국에서 보자."

이현우가 영석을 강하게 안고는 나지막이 속삭였다.

그 속삭임에는 서툰 위로와 굳은 믿음이 있었다. 영석이 US 오픈 결승까지 오르리라는 걸 조금의 여지도 없이 믿는 것이다.

"아들……."

한민지는 대번에 눈물부터 그렁그렁 매달았다. 활발한 성정임에도 눈물이 많은 모습을 보면, 진희랑 아주 비슷하다.

영석이 그런 어머니를, 먼저 와락 안고는 말했다.

"다음부터는 이런 일 별로 없을 거예요. 전 괜찮아요, 오히려 엄마 아빠가 걱정이지."

"……."

그렇게 자신의 품에서 눈물을 흘리는 한민지를 가만히 둔 영석은 최영애에게도 당부의 말을 건넸다.

"이모, 우리 엄마 좀 잘 보살펴 줘요. 이러다가 우울증 걸리실라……."

"뭐? 얘는……."

영석에게 눈을 흘긴 최영애가 어색하게 다가와 한민지의 등을 툭툭 치고는 팔을 잡아끈다.

"야, 빨리 가자. 아참, 난 솔직히 말할게. 내년엔 윔블던 트로피도 부탁해. 액자가 없는 게 아쉬울 거 같아서. 내가 살아가는 힘인데."

최영애가 눈을 찡긋거리며 영석에게 부탁을 했다.

영석이 빙긋 웃으며 고개를 주억였다.

"물론이죠. 아참, 아버님, 어머님. 두 달 후에는 더 좋은 모습 보여 드리겠습니다."

영석이 진희의 부모님에게 고개를 숙였다. 진희의 부모님은 손사래를 쳤다.

"아냐아냐, 우리 같은 문외한이 보기에도 영석이 넌 잘하고 있어."

"그럼그럼. 너무 힘들어하지 마라. 사람은 어떤 형태로든 앞으로만 나아가면 돼."

두 사람의 얼굴엔 무한한 신뢰가 담겨 있었다.

한두 해 본 것도 아니니, 영석이 어떤 사람인지 잘 알고 있는 것이다.

"네. 그럼 다음에 뵙겠습니다. 진희야 뭐 해. 인사드려야지."

그렇게 영석은 공항에서 양가 부모님들과 지인을 배웅했다.

"자, 우리도 얼른 가야지."

"네. 짐 다 부쳤습니다. 몸만 가시면 됩니다."

강춘수가 한결같은 어조로 답한다. 그 일관성 있는 모습에, 괜히 믿음이 더 간다.

"······."

진희는 부모님들이 가시고 나서 영석의 팔을 꼭 붙잡고 한시도 떨어지지 않았다.

이따 좌석에 앉으면 말을 걸어볼 요량으로, 영석은 잠자코 그런 진희를 내버려 두었다.

"그럼 다음 대회에서 보자고."

박정훈이 김서영을 데리고 다른 게이트로 가며 안녕을 고했다.

아직도 충격에서 못 벗어난 그의 모습은, 10년 정도 친분을 이어온 이래 처음 보는 것이었다. 그럴 주제는 아니지만, 그 누구보다도 영석의 패배에 많은 영향을 받은 사람이 박정훈이기도 하다.

"네. 그럼 2주 후에 봬요."

영석은 딱히 어찌할 도리가 없어 통상적인 안녕의 인사를 했다.

그렇게 박정훈과 김서영까지 보내고 나서, 영석은 한숨을 내쉬며 최영태를 바라봤다. 거뭇거뭇한 음영이 눈 밑으로 길쭉하게 뻗어 있었다. 코피가 났는지, 콧구멍 주변에 벌겋게 테두리를 두르고 있는 딱지 부스러기들이 심심찮게 보였다.

"…코치님은 또 왜 그래요."

"내가 너무 안일했어."

최영태는 앞뒤 말을 다 자르고 핵심적인 말들을 나열했다.

"……."

영석이 당황해서 아무 말 못 하고 있자, 최영태가 두 제자의 등을 떠밀며 말했다.

"일단 가자. 가서 훈련해야지. 그게 2주라도, 너흰 바뀔 수 있어."

"이것 참……. 해가 서쪽에서 뜨겠는데? 어쩌려고 잠을 안 잔담?"

영석이 아직도 자신의 팔을 잡고 놓아주질 않는 진희를 향해 농담을 건넸다.

"괜찮아?"

진희는 걱정스러운 얼굴과 목소리로 영석의 얼굴을 천천히 쓰다듬었다. 그 나긋한 느낌이 좋았던 영석은 눈을 감은 채 대답했다.

"어제 혼자 다 풀었어."

"내가 너였다면… 당분간은 우울했을 거 같아서 걱정 많이 했어."

진희에게 선수로서의 영석은, 태양이자 기둥이었다. 손에 닿을 수 없음에도 쫓았고, 자신을 지탱하는 것에 영석을 의존한 것이다. 그런 '우상'이 지는 모습을, 그것도 연습 시합 같은 게

아닌, 정식 무대에서 지는 모습을 본 진희의 충격은 상상 외로
컸다.

"……."

진희가 느끼고 있는 그 거대한 상실감을 인지했을까.

영석이 자신의 얼굴을 쓰다듬고 있는 진희의 손을 부드럽게
쥐었다.

"믿기지 않겠지만, 나는 괜찮아. 이것 봐. 평소랑 다름없잖아."

영석이 주섬주섬 휴대용 가방에서 책을 꺼냈다. 그걸 보는
진희의 얼굴에, 표정다운 표정이 자리 잡았다. 마치 희극배우와
도 같은 변화에 영석이 살풋 웃는다.

"어련하시겠어. 나도 좀 줘. 오늘은 잠이 안 오네."

손을 내미는 진희에게, 영석은 책 한 권을 주며 빙긋 웃음
지었다.

Chapter 79
성장기(成長期)

미국, 플로리다.

"내 수준에서의 너는, 이미 완성된 선수였어. 이미 완벽하게 아름다운 완성품. 감히 가르친다는 것은 언강생심 꿈도 못 꿨지. 그건 명백히 내 역량 밖의 일이니깐."

새파란 하드 코트 위에서 비지땀을 흘리는 영석을 두고, 최영태가 일장 연설을 시작한다. 눈은 화롯불을 옮겨 담은 듯, 생생하게 불타오르고 있었다.

"오랜만이네요. 코치님의 그런 모습."

초를 치는 영석의 멘트에, 최영태가 말문을 잃고는 머리를 긁적인다. 나무라는 게 아닌 건 알면서도, 괜한 미안함이 밀물처럼 가득 들어온다.

"크흠. 아무튼, 내가 말하고자 하는 건, 딱 하나야. 무게를 줄여야 한다는 것. 지금 몇 kg이지?"

무게라는 단어가 나오자, 영석은 반사적으로 배를 쓰다듬었다. 딱딱하고 탄력 있는 근육이 손끝을 간지럽힌다.

"아마… 85kg정도 될 거예요. 요즘에는 90kg?"

영석의 신체는 기능적으로 완벽하다.

195㎝의 몸임에도, 100미터를 전속력으로 달리면 12초 플랫을 찍을 정도로 빠르다. 반사 신경과 그 감각을 수행하는 근육의 품질은 어찌나 훌륭한지, 흠을 잡으려야 잡을 수가 없었다. 유연함은 선천적이지 않았지만, 꾸준한 훈련으로 평균 이상치를 기록하고 있었다.

거대한 힘은 또 어떤가. 단순히 예를 들어, 악력으로는 세계 모든 인구를 통틀어서 0.01%안에 들어갈 정도로 강했다.

완벽한 것은 하드웨어뿐만이 아니었다. 어찌 보면, 하드웨어를 한참 웃도는 성능의 소프트웨어까지 탑재한 영석이다. 추상적이고 관념적인 영역에서의 감각적 능력들은 어느 것 하나 최고 수준에 도달하지 않은 것이 없었고, 그 모든 것을 활용하게끔 만드는 지성(知性) 또한 완벽하게만 보였다.

냉철한 이성과 폭력적인 야수성을 겸비한 성정은 어떠한가. 그야말로 스포츠 선수가 가질 수 있는 모든 요소들을 한 몸에 갖춘 것이다.

'그럼에도 질 수 있는 가능성이 없는 건 아니지만.'

영석 또한 본인의 상태를 잘 알고 있다. 뼈를 깎는 노력과 타고난 재능까지 모두 말이다.

"넌 이미 완벽한 몸이야. 룰만 익힌다면 어떤 스포츠를 해도 5년 안에 최고의 자리에 오를 수 있을 거야. 그건 내가 장담하마."

최영태의 말은 정답이었다. 그렇다면, 도대체 최영태가 말하는 '무게'를 줄인다는 것은 어떤 의미일까. 영석은 궁금증을 참지 못하고 본론으로 들어가라는 듯, 질문을 던졌다.

"무게를 줄인다면, 어디를 줄여야 할까요?"

그제야 서론으로 낯 뜨거울 정도의 칭찬을 쏟아부었다는 것을 인지한 최영태의 얼굴이 살짝 붉게 달아오른다.

"크흠, 사람의 몸에 필요 없는 근육은 없다지만, '테니스 선수'에게 필요 없는 근육들은 있어. 그걸 최소화하자. 네 몸은, 전체적으로 근육이 조금은 크게 발달해 있다는 게 내 생각이야. 시합에 쓸모없는 근육들도 찾아보면 있을 거야. 그걸 줄이는 것으로 무게를 80㎏대 초반까지 내려야 해. 식단도 정확하게 관리하고."

'기성 선수'처럼 느껴지지만, 영석은 아직 10대 소년이다.

성장의 여지가 무궁무진하게 남아 있는 것이다. 그 성장엔, 역량도 포함되지만, 키가 크고 살이 붙는다는, 말 그대로의 '성장'도 포함되어 있다.

실제로 가장 이상적이라 느꼈던 신체 스펙에서 조금 더 초과된 것 같기도 하고 말이다.

"…그러고 보니 요 몇 달 사이에 키도 좀 큰 거 같아요."

영석이 손날을 세워 자신의 이마부터 짚기 시작한다.

"아마 2, 3㎝정도?"

최영태가 고개를 끄덕이며 그 말에 수긍했다.

"정확한 건 아카데미 측의 협력을 얻어 정밀한 체크를 해봐야겠다. 아무튼, 네 몸은 너무 비대해. 패배의 요인을 찾자면, 난 너와 페더러의 무게 차이라고 본다. 즉, '연비'지."

"……."

영석이 흥미로운 눈빛으로 바라봤지만, 최영태의 눈은 이미 먼 곳을 향해 있었다. 아마 윔블던 결승을 떠올리고 있는 것이리라.

까득―

저도 모르게 이를 악물자, 섬뜩한 소리가 터진다. 잠시간의 회상에서 벗어난 최영태가 말을 잇는다.

"분하지만 그 경기를 지켜보며 난 너를 이길 수 있는 방법 두 가지를 찾아냈다."

"호오……!"

오늘따라 최영태의 말이 많았다. 늘 그렇듯, 그가 말이 많은 날은, 영석에게 있어 성장의 단초가 주어진 날일 수 있다.

"첫째, 재림이 스타일의 선수가, 아니, 그 스타일의 정점에 서 있는 선수가 시합을 초장기전으로 끌고 가면 넌 아마 질 거야. 클레이에서라면 더더욱 쉽겠지. 지금은 그 정도의 선수를 찾아볼 수 없지만 말이야……."

"……!!"

공방일체의 끝을 달리는 선수.

영석의 발과 우열을 가릴 수 없는 속도와, '초'가 붙을 정도로 위험한 스핀량을 품은 공을 사정없이, 하루 종일 보낼 수 있는 말과 같은 선수.

그런 선수가 있긴 있다.

⟨Rafael Nadal⟩

과연, 최영태는 보는 눈이 있었다. 스승의 안목에 놀란 영석은 흥미가 동했다.

"다음은요?"

"첫 번째보단 가능성이 훨씬 낮지만, 하이 페이스에서의 초고속 공방전이 계속될 때. 즉, 기능적으로 너와 비슷한 정도의 선수가 네 공격을 버티며 오히려 널 많이 뛰게 만들 때 네 몸은 쉽게 지칠 수밖에 없어. 같은 성능이라면, 연료가 더 필요한 네가 불리한 건 당연하지."

최영태의 분석은 정확했다.

그리고 이미 완성된 것처럼 보였던 영석의 숙제이기도 했다.

'오히려 두 번째의 경우가 현실성이 있어. 그게 바로 내가 살던 2016년의 테니스 풍조였으니…….'

─실수가 없고 체력이 좋으며, 기술적으로 완전한 수준에 오른 선수들이 방어를 베이스로 두고 카운터 위주의 플레이를 즐겨 한다.

임팩트는 약하겠지만, 투어 전체의 승률을 따져보면 위와 같은 스타일의 선수가 유리한 것은 당연지사였다. 이런 전략은 코트의 재질을 가리지 않기 때문이다.

"제 몸은 어느새 연비가 안 좋은 스포츠카가 되었군요."

영석이 어깨를 으쓱이며 푸념을 늘어놓았다.

"성능이 지나치게 좋은 거지. 테니스라는 종목엔 과분할 정도로 말이야."

"……."

최영태는 눈 하나 깜빡이지 않고 영석의 얼굴에 금칠을 해줬다. 영석은 말을 돌리는 것으로 무안함을 덜어낼 수밖에 없었다.

"그러고 보니, 진희는 어떻게 하고 있어요?"

영석만을 데리고 나와 훈련을 시작했기에, 진희의 행방은 알 수가 없었다.

"너랑은 반대의 훈련. 진희는 무게를 조금 늘릴 필요가 있어. 신체적인 역량을 감각적인 역량과 맞추는 게 중요해."

"음… 반대라……. 그런 것 같네요. 요즘엔 진희 경기를 자주 못 봤지만, 아무래도 부족한 게 있다면 힘이니까요."

확실히 최영태는 두 제자의 상황을 정확히 파악하고 있었다.

"진희나 너나 길게 보고 몸을 만들어야 한다. 기술적인 부분은 터치할 것도 없어. 그때그때 조금씩 수정하면 되니까. 자, 우선 샘을 만나러 가자. 네 몸 상태를 면밀히 조사해야 하니까."

휙―

최영태가 몸을 돌려 앞서 걸어갔다. 그 걸음에는, 묘하게 힘이 실려 있었다. 뒤따르는 영석의 걸음 역시, 자연스럽게 힘이 실렸다. 마치 찌꺼기를 털어내듯.

*   *   *

이때까지의 인생에서 그랬듯, 아카데미의 하루하루는 농도
가 짙었다.

'마음의 문제일까?'

똑같은 24시간, 비슷한 강도의 훈련. 그러나 몸은 훈련의 성
과를 '다르게' 인식한다.

'코치님의 말씀 때문일지도 모르겠지만……'

얼마간을 걸었을까. 목적에 둔 곳에 도착했음을 깨달은 영석
이 피식 웃는다.

'거의 우리 집 수준이군, 그래.'

벌컥―

"세계 최고의 선수!"

물을 열자마자 샘이 벌떡 일어나 영석에게 다가온다. 아니,
뛰어온다.

와락―

영석에게 와락 안긴 서양인, 샘이 연신 웃음을 터뜨리며 영
석의 팔을 두드린다.

"얼마 전에 봤으면서 징그럽게 또 왜 그래."

"그땐 그때고! 오늘은 오늘이야~!"

영석이 살짝 샘을 떼어놓자, 샘이 호방하게 웃으며 자리로 안

내했다.

"자, 결과물. 내가 갖다 주고 싶었는데, 훈련 중일 거 같아서 저녁에 주려고 했지."

"아, 고마워."

앉자마자 샘이 건네준 프린트물을 받아든 영석이 한 장, 한 장 차근차근 훑어보기 시작했다.

"……."

사르르— 종이 넘기는 소리가 몇 번 정도 고요하게 사무실을 장식했을까, 샘이 입을 열기 시작한다.

"예상대로, 네 자질(資質)에 따른 신장의 성장 한계선은 2미터까지야. 어렸을 때는 185㎝정도였는데… 그만큼 몸을 잘 만들어왔다는 거지."

"2미터라……. 꽤 크군."

자질에 따른 신장의 성장 한계선이 2미터라는 말이 뜻하는 바는 간단한다.

2미터까지 커도, 영석은 신체적인 영역에서 본인이 갖고 있는 모든 역량을 부족함 없이 펼칠 수 있다는 뜻이다.

"…윔블던 결승은 봤어. 확실히 그때만큼은, 네 완벽한 몸이 방해가 되기도 했지."

샘은 눈을 천천히, 크게 깜빡이며 어깨를 으쓱이는, 전형적인 몸짓으로 자신의 유감을 표현했다. 그리고 영석은 그 동작을 그대로 따라하며 농을 건넸다.

"사실 그때만큼은 나도 칼로비치가 현자(賢者)처럼 보였어."

"뭐? 하하⋯⋯."

영석의 능글맞음에 샘도 덩달아 웃음을 터뜨렸다.

"앞으로도 이런 문제가 생길 수 있어. 모든 선수를 상대로 세트 스코어 3 : 0을 기록하지 않는다면 말이야."

갑자기 훅 치고 들어오는 진중함. 샘은 그렇게 핵심을 짚었다.

"⋯⋯."

전담 트레이너도 아니고, 선수와 큰 접점이 없는 샘이었지만, 영석은 그의 월권을 용인했다. 샘은 그럴 자격이 있다고 판단한 것이다.

"아직 넌 10대야. 20대 중반까지도 몸은 자랄 수 있지. 그럴 때마다 완벽하게 프로그래밍된 네 몸은 변혁을 겪어야 해. 그런 의미에서, 네 코치인 미스터 최는 좋은 눈썰미를 가진, 훌륭한 코치야. 네 약점을 명확하게 짚어내는 것부터, 훈련 방향까지⋯⋯. 전문가다워."

"내 인생의 행운이지."

고개를 끄덕인 영석이 지금쯤 전략 팀, 스포츠 의학 팀과 함께 머리를 쥐어짜내고 있을 최영태를 떠올리며 빙긋 웃었다.

'무엇이 됐든, 기초를 다질 때의 지도자는 너무나 중요한 역할을 하지.'

이미 세계 최정상이었던 영석이었다지만, 기초공사부터 다시 시작해야 하는 것은 변함이 없는 처지였다. 그리고 최영태는, 그런 영석이 도중에 무너지지 않도록 탄탄하고 안정적인 기반을 쌓게끔 하는 데 큰 공헌을 했다.

"뭐, 이런 자료야. 사실 나 아니어도 받을 수 있었을 텐데……. 사무실엔 어쩐 일로 온 거야? 네 영혼의 단짝 진희는 또 어딨고?"

샘이 드디어 본론을 꺼냈다.

기본적으로 사무직 직원으로서, 외부와의 접촉 등을 업무로 하는 샘과 영석이 이렇게 마주할 일은 없었기 때문이다. 영석은 피식 웃으며 답했다.

"오랜만에 아카데미 구경 좀 하려고. 기분 전환할 겸. 그래도 될까?"

"구경? 안 될 건 없지."

샘이 벌떡 일어나서 허리를 뱅글뱅글 돌리더니 책상 밑에서 거대한 테니스 백을 꺼냈다. 그러고는 형형색색의 오버그립과 라켓들을 꺼내어 정비하기 시작했다.

"…구경한다니까, 왜 그걸 꺼내."

"나간 김에 학생들하고 공 좀 치려고. 아니면, 네가 쳐줄래?"

샘이 일말의 희망을 품고 말했지만, 영석은 고개를 저었다.

"한 포인트도 못 따면 울어버릴 텐데?"

"…윽. 반박할 수가 없군."

"뭐, 샘이 시합하는 거 보는 것도 재밌겠네."

"알았어. 조금만 기다려. 옷 좀 갈아입을게."

그렇게 옷을 갈아입는 샘을 뒤로하고, 영석은 방을 나섰다.

탁—

"……."

문을 닫자, 서늘한 바람 한 조각이 복도를 지나 영석의 명치 끝을 파고들어 왔다.

스윽—

가볍게 손을 휘저어 바람을 내쫓은 영석이 가슴께를 문질렀다. 손에 닿는 피부는, 차갑지 않았다.

*   *   *

"그러고 보니, 요즘 애들은 어때? 자질이 있는 애들은 좀 있어?"

영석이 시합을 할 때보다도 더 많은 짐이 들었을 게 분명한, 무거워 보이는 테니스 백을 지고 있는 샘이 고개를 저었다.

"로딕, 이영석, 김진희… 엄청난 선수들이 우리 아카데미 출신이라는 것은 분명 엄청난 선전 효과를 낳고 있지만… 글쎄. 내 눈엔 몇 없어. 그 몇조차도 네가 어렸을 때와 비교하면 아주 모자라고."

"나? 호오… 내가 어땠는데?"

샘의 푸념에, 자신이 처음으로 플로리다에 왔을 때를 살풋 떠올린 영석이 묻자, 샘은 걸음을 멈추고는 턱을 쓰다듬으며 답했다.

"…넌 눈빛이 달랐어. 적의(敵意)나 살의(殺意)가 없이도 마주 보는 사람을 꼼짝 못 하게 만드는… 눈빛. 어린아이한테 그렇게까지 압도되어 보긴 처음이었지."

"눈빛? 내가 그래?"

별로 의식한 적이 없었고, 누구도 딱히 그런 말을 해준 적이 없어 영석은 신선한 느낌이 들었다.

"그리고 두 번째."

"흠. 또 있었군."

영석이 대답을 했지만, 샘의 눈은 먼 곳을 더듬고 있었다.

"중심. 몸의 중심이 되는 축(軸)이라고 해야 할까? 그게 한 점의 흔들림도 없었어. 그렇게 걸을 수 있는 사람은 거의 없어. 아주 위대한 선수라 해도 그렇게 못 걷는 경우가 많지."

'체축(體軸)이라.'

영어를 원어민 수준으로 구사하는 영석도 순간적으로 의미를 파악하지 못할 정도로 낯선 단어였다.

"그건 평소에 걷는 모습만 봐도 알 수 있어. 마치 물새가 수면 위를 걷는 느낌? 사뿐사뿐과는 느낌이 다르고, 뭉실뭉실? 아냐, 이것도 표현이 안 맞아. 그냥 설명하자면… 몸의 무게가 안 느껴지는 걸음? 그런 느낌이야."

여러 생소한 표현을 듣다 보니, 마치 시를 읽는 것 같은 기분이 든 영석은 빙긋 웃고는 샘의 등을 툭툭 쳤다.

"난 모르겠던데? 그게 보인다니… 샘은 대단한 감별사야."

그제야 영석과 눈을 마주친 샘도 마주 빙긋 웃었다.

"…널 처음 본 그날, 난 네가 대단한 '사람'이 될 거라 생각했어. '선수' 이전에 말이야. 윔블던 결승은, 너라는 대단한 사람의 품격에 아주 티끌만 한 먼지가 붙었을 뿐인, 그런 사소한 경험이야. 너는 다시금 하늘을 날 거야."

"……."

예상치 못한 멘트에 영석이 할 말을 잃고 멍하니 서 있으려니 샘이 영석의 등을 툭 쳤다. 그 행동 뒤에 이어지는, 눈으로 전하는 위로는… 아주 따뜻했다.

"이 시간에 여기서 어슬렁거리면… 너한텐 분명 귀찮을 텐데……."

샘이 멈춰 있던 자리에서 경쾌하게 걸음을 옮기며 한마디 했다. 화제를 전환하기 위함인지, 어조가 사뭇 어색하다.

"…내가?"

영석은 살짝 이해가 안 되어 고개를 갸웃했다.

"평소엔 엄중하게 관리했었는데… 뭐… 가보면 알 거야."

샘은 그런 영석의 반응에 의미심장한 웃음을 지었다.

*   *   *

"휴우……."

식은땀을 훔쳐낸 영석은 언덕 위에 있는 벤치에 홀로 앉아 코트를 내려다보고 있었다. 어찌나 정신없었는지, 마치 경기를 치른 것 같은 피로감이 몰려왔다.

'사인이라니…….'

귀찮을 거라던 샘의 말은 현실이 됐다.

수많은 학생들이 몰려와 영석을 에워싸고는 라켓이며 가방이며 온갖 걸 들이밀면서 사인을 부탁했었다. 거의 우상처럼 숭배하는 분위기여서 팬 서비스에 약한 영석으로선 정신이 없었다.

"……."

가볍게 한숨을 내쉰 영석은 수없이 많은 코트들이 펼쳐져 있는 광활한 땅을 내려다보며 머리를 식혔다. 코트 한 면에서는 샘이 자신의 가슴께밖에 오지 않는 어린 선수와 시합을 하고 있었다.

"게으르게 보내진 않았나 보군."

마흔 줄에 다다랐지만, 전(前)프로다운 깔끔한 몸놀림에선 나이를 떠올릴 수 없었다.

조금 떨어져 있는 코트에서는 코트면이 바둑판처럼 깔끔하게 분할되어 있는 것이 보였다. 분할된 사각형은 총 아홉 개였다.

아이들이 깡충깡충 뛰어다니며 공을 세심하게 보내기 위해 안간힘을 쓴다.

"……."

그 광경을 보자 애틋하면서도 그리운, 묘한 감상이 마음에 자리한다. 마치 엊그제 저 자리에 머물렀던 것만 같은 느낌과 함께, 끝없는 향상심(向上心)을 마음에 품은 채 파란 코트를 누볐던 감각이 순간적으로 온몸에 충만하게 차올랐다가 신기루처럼 사라진다.

'옛날이라…….'

지나간 시절을 떠올리는 것은, 인간에게 본능에 가까운 행위다.

그리고 이 본능에 가까운 행위는, 과거의 나와 현재의 나 사이에 존재하는 큰 폭의 간극을 정확히 인지했을 때에야 비로소 반짝이는 편린처럼 다가온다.

'난 성장했을까?'

'제발 그 순간이 왔으면!'이라고 소망을 품으면서도, 오지 않았으면 좋겠다는 소망도 불쑥 치켜들 정도의 묘한 기다림. 영석이 기다리고 있던 그것은 '패배'였다.

그것을 마음속 깊숙이 인정하고, 도망치지 않고 100% 수용한 영석이 자신이 뛰놀았던 코트를 바라보며 감회에 빠지는 것은, 어찌 보면 당연한 수순이었다.

'지금의 나는 과거의 나보다 명백히 나을까?'

몸이 자라고, 그에 따른 기량의 향상은 순조롭게 이뤄지고 있었다. 더 강해지고, 더 빨라졌으며, 더 민첩해졌다.

'그건 단순히 세월을 먹으면 누구에게나 일어나는 일이다.'

영석이 고개를 저었다. 하루하루, 나태하게 보낸 기억은 없다. 움직이지 않으면 죽어버리고야 마는 상어처럼, 영석은 움직이고 또 움직였다. 그리고 성공적인 프로 인생을 밟아가고 있었다.

그럼에도 영석은, 자신이 아직도 모자란 기분이었다. 그리고 자신이 고민하고 있는 것이 모호하게 흩어지는 것을 망연히 바라보고만 있었다.

"……."

성장(成長)이라는 단어가 주는 화두는, 영석에게 무겁고 또

무겁게 다가왔다.

툭—

"뭐 해."

누군가 영석의 등을 툭— 친다.

고개를 돌려 보니 진희다. 표정에 심술이 조금 묻어나 있다.

"…그냥 앉아 있지."

"날 두고 어딜 쏘다니나 했어."

슥—

옆에 앉은 진희가 영석의 어깨에 고개를 기댄다.

"…혼자 있고 싶었던 거야?"

조심스럽게 묻는 진희의 얼굴을 슬쩍 내려다보는 영석의 눈빛이 맑게 갠다.

"나 요즘 어때?"

뜬금없는 질문이 들려오자 진희의 눈이 두어 번 깜빡인다.

그러고는 피식 웃는다.

"12년 전하고 똑같지 뭐."

"12년 전?"

불로 지진 듯, 선명한 기억으로 남은 그 일.

진희는 영석이 자신을 구하러 뛰었을 때를 말하고 있었다. 자신이 매일매일 자기 전에 떠올리는 그때의 영석을.

"자신도 모르게 들어앉은 두려움을 사정없이 짓밟으며, 해낼 수밖에 없다는 오연한 자신감을 마구 흘려댔지. 그건 결코 허세가 아니었어. 도전적이라는 말조차 우스울 정도의 찬란함이었지."

단어 하나하나에 맞춰 영석의 몸이 움찔 떨린다.

"넌 그때나 지금이나 똑같아. 대단한 사람이야. 존경할 만한 사람이고."

"······."

진희의 말은, 영석의 마음에 크나큰 파문을 일으켰다. 그리고 그 말이 최영태와 샘의 말과 합쳐져 영석에게 위로로 다가왔다.

"···고마워."

"별말씀을."

진희가 상큼하게 웃으며 영석의 뺨에 입술을 살짝 대었다.

Chapter 80
후반기(後半期)의 시작

"198.3cm, 90.05kg이라……."

영석의 신체검사 결과를 받아든 최영태는 나직이 침음을 흘렸다.

'지금 이대로도 너무나 완벽한데……'

키와 몸무게는 아주 표피적인 스펙에 불과했다.

그 뒤로 몇 장의 용지들은 영석의 신체 기능에 대해 상세히 기술되어 있었는데, 그 모든 항목들은 하늘을 뚫을 듯, 최상위를 기록하고 있었다.

그간의 영석이 보인 노력을 알기에 '재능'이라는 단어는 쉬이 입 밖으로 내뱉지 못했지만, 정말이지 신에게 잔뜩 사랑을 받지 않고서야 이런 몸으로 태어나기란 불가능해 보일 정도의 완벽한 신체였다.

"문제는 체력이죠."

영석이 고개를 저으며 최영태에게 말을 건넸다.

아주 이상적인 수치라는 것은 영석 본인도 알고 있었기에, 개선(改善)의 여지를 찾으려 고민하는 최영태의 고뇌가 얼마나 힘든 답을 도출하려는 과정인지 잘 이해하고 있었다.

영석에게는 찬미(讚美)의 말보단 향상의 말이 필요했다.

"심폐 지구력은 어느 정도는 훈련으로 향상될 수 있다고 하지만… 넌 그 한계를 넘어선 상태야."

심폐 지구력(cardiovascular endurance).

달리 전신 지구력이라고도 부르기도 한다. 이는 대근 활동을 포함한 신체 활동을 계속적으로 지속할 수 있는 능력으로서, 장시간에 걸쳐 수행할 수 있는 운동량을 말한다. 가장 중요한 체력 요건 중의 하나로, 산소를 근육에 공급하고 장시간의 운동 후 생기는 노폐물을 제거하는 능력까지 포함하기도 한다. 이 능력을 평가할 때에는 심장, 폐장, 혈관의 효율성이 가장 중요시 여겨진다.

"지금까지 만났던 선수들의 수준이라면, 솔직히 난 지금도 괜찮다고 본다. 시즌 아웃에 근접할 정도로 몸을 혹사시킨 페더러의 집중력과 투혼이 대단했던 거지, 네 체력이 모자란 것은 절대 아니니 말이야."

"설마요."

영석과 최영태가 고민하는 영역은, 너무나 높은 차원이다.

그래서 더더욱 최영태는 고민하는 것이고, 영석은 향상심을 보이는 것이다.

"힘들 거야. 성능을 유지하면서 체력을 조금이라도 늘리는 방법은 무게를 가볍게 하는 것밖에 없어. 식단은 철저하게 관리되어야 하고, 평소보다도 지루하고 고된 운동이 이어질 거야."

넘치는 에너지와 폭발력의 근원지인 큰 근육들의 성질 자체를 바꾸려는 작업은… 상상을 초월하는 고통을 수반한다.

"전 충분히 해냅니다."

영석은 그저, 자신감 넘치는 미소를 보여줄 뿐이었다.

*   *   *

"이번엔 미국 안에서만 돌아다니겠네."

"그렇지, 뭐."

2주간의 훈련 겸 휴식을 취한 영석 일행은 인디애나폴리스로 가기 위해 아카데미를 나서고 있었다. 이번에도 어김없이 배웅은 샘의 몫이었다.

"제시!!"

진희는 아카데미의 여자 기숙사 경비원인 제시와 감격의 포옹을 나누고 있었다. 어느새 영석과 진희가 얼굴을 아는 학생이나 선수들은 아카데미 내부에서 더 이상 찾아볼 수 없었기 때문에, 진희는 줄곧 제시와 교분을 나눴었다.

"…언제나 경기 지켜보고 있어."

어느새 자신이 올려다볼 정도로 큰 진희를 살포시 안은 제시가 드물게 또렷한 목소리를 들려줬다.

"고마워. 조만간 한번 또 들를 테니까, 재밌는 얘기 있으면 말해줘. 아, 데이빗? 그 남자 친구랑 결혼 정해지면 바로 연락 주고. 시합 도중이어도 꼭 보러 갈게."

"…결혼은 네가 먼저 할 거 같은데……."

사적인 얘기까지 주고받은 것인지, 두 여자는 정답게 얘기를 나눴다. 그런 모습을 물끄러미 바라보던 샘이 영석과 악수를 나눈 후에 입을 열었다.

"내가 봤을 때… 음, 이건 비전문가의 사견이니까 너무 곧이곧대로 듣지 말고……."

"뭔데?"

영석이 궁금하다는 듯, 대답을 재촉했다.

"넌 하드 코트에서 가장 완벽한 거 같아. 궁합이 잘 맞는다고 할까? 이제 메이저 대회 하나 남았고, 2003년 시즌도 끝나가니 왕중왕전까지 힘내."

"…고맙다."

그 뒤로 최영태와 강춘수도 샘과 가벼운 인사를 나눴다.

"갑시다."

영석이 기운 넘치는 목소리로 말하자, 일행들이 모두 그 뒤를 따랐다.

*   *   *

"춘수 씨. 일전에 말씀드렸던 것들은……."

비행기 안.

영석은 통로를 사이에 두고 우측에 앉아 있는 강춘수에게 말을 걸었다. 바로 옆자리에 있는 진희는 늘 그랬듯, 어느새 단잠에 빠져 있었다.

"영양사와 조리사의 역할을 겸할 수 있는 분, 물리 치료사, 헬스 트레이너… 우선적으로 필요한 세 명의 전문가를 모집 중입니다."

"데뷔하고 나선 아직 그럴 상황이 아니었으니 못 구했지만… 이제는 괜찮겠죠. 업계 최고의 대우를 약속드린다고 전해주세요. 물론, 실력과 품성도 잘 봐주시고요."

"그 대우 말입니다만……."

강춘수가 영석의 눈치를 보며 말을 끌었다.

영석이 눈으로 계속 말할 것을 종용하자, 그제야 강춘수가 조심스럽게 입을 뗀다.

"한신은행 측에서 비용을 지불한다고 합니다. 필요하다면 진희 선수의 전담 스태프까지도요."

"응? 그건 선수 개인의 부담 아니었습니까?"

테니스와 같은 개인 스포츠의 경우, 대부분의 선수가 사비로 에이전트는 물론이고, 물리 치료사 등의 스태프들을 고용한다.

"김용서 대표의 직접적인 지시라고 합니다."

"흠… 해준다는데 마다할 필요는 없지만, 은행에서 부담하기엔 조금 지나친 지출이 될 수도 있는데……. 뭐, 그건 그럼 춘수 씨가 알아서 해주세요. 아, 물리 치료사의 경우에는 한국병원 이창진 선생과 얘기해 봐주세요. 제가 1순위로 데려오고 싶은 분이라서요."

"알겠습니다."

그 뒤로도 영석과 강춘수는 앞으로의 일정에 대해 이런저런 얘기를 나누었다.

2003. 7. 20.
미국 인디애나주, 인디애나폴리스.

돌돌돌—거리는 캐리어를 끌며 게이트를 나서는 영석을 반긴 건 이재림이었다.

"왔냐?"

"오랜만이네."

3주 만에 다시 만난 이재림은 까무잡잡한 피부를 자랑하고 있었다.

"결승은 봤어. 이제야 사람답더라."

과연 이재림은 절친이라 할 수 있는 존재였다. 다짜고짜 던지는 말은, 너스레의 탈을 쓴 위로였다.

"…그건 또 그것대로 신선한 반응이네. 이제 막 친근하고 그러냐?"

피식 웃은 영석이 농을 걸자, 이재림이 정색을 하곤 답했다. 눈에서 정광이 흘러넘친다.

"그래도 너 지는 거 보니까, 내가 질 때보다도 분하더라고. 분해서 눈물이 다 났어. 어지간하면 지지 마. 내 목표는 늘 흔들림 없는 최강이었으면 하니까. 앗, 춘수 씨~ 길 안내해 드릴게요."

낯간지러웠는지, 이재림은 제 할 말만 하고는 강춘수에게 말을 걸었다.

"……."

이상한 위로. 영석은 마음이 기분 좋게 일렁이는 것을 느꼈다. 상냥함이 차고 넘친다. 그리고 이제, 그 상냥함에 보답을 해야 될 때가 왔다고 느꼈다.

*   *   *

"호… 슈트가르트까지?"

강춘수가 미리 수배해 둔 숙소.

테니스 선수들이 많이들 찾는 숙소인지, 지나가는 이들이 딴에는 몰래 하는 것일 테지만 영석과 진희에게 엄청난 시선을 보낸다. 그 시선은 동경 한 조각, 질투 한 조각, 승부욕 한 조각으로 구성되어 있었다.

"엣헴."

그러거나 말거나, 영석과 진희, 그리고 이재림은 셋이 모여 수다를 떨고 있었다.

이재림이 모처럼 거드름을 피운다.

윔블던에서 빠르게 탈락하고 다른 대회에 참가했었는데, 성과가 무척 좋았다. 스위스의 그슈타드(Gstaad), 독일의 슈트가르트(Stuttgart)에서 모두 우승을 차지한 것이다. 결승전 상대가 만만했냐 하면, 그렇지도 않았다.

그슈타드에서는 2003년을 좋은 성적으로 보내고 있는 지리 노박을 격파했고, 슈트가르트에서는 '그' 기예르모 코리아를 격파하는 이변을 연출했다. 이 두 코트 다 클레이 코트였다.

"거봐. 내가 뭐랬어. 잔디는 꼴랑 몇 개 되지도 않는다니까. 이제부터 테니스는 하드와 클레이 양분이야."

영석이 풀썩 웃으며 말하자, 이재림이 공감한다는 듯 고개를 크게 끄덕였다.

"내가 궁금해서 조사해 봤는데, 윔블던이 끝나고 열리는 클레이 코트에서의 대회가 무려 열 개더라고. 챌린저를 제외하고도 열 개나 돼."

연초에 열리는 호주 오픈 이후에도 어마어마한 수의 대회가 모두 클레이 코트에서 열리는 것을 감안하면, 시즌 말미에까지 끼치는 영향을 짐작할 수 있었다.

—잔디를 못할 순 있다. 하지만 클레이를 못하면 반쪽짜리 선수다.

위와 같은 말이 있을 정도로 클레이 코트는 무섭게 수를 불리고 있었다.

그 말인즉, 영석 또한 앞으로의 선수 생활에 있어서 클레이를 염두에 둬야 한다는 것을 의미한다.

자랑스러운 표정의 이재림을 본 영석은 가만히 이재림의 커리어를 생각하다가 놀라운 결론에 이르렀다.

'지금 재림이가 우승한 대회가 벌써… 다섯 개 정도 되나? 그 대회들은 챌린지급도 아니야. 250 이상이지. 실질적으로 1년 만에 전생의 이형택 선수가 이룩한 기록들을 모두 갈아 치웠구나……. 대단한데?'

영석과 진희라는 거대한 태양이 있어서 그렇지, 이재림은 놀라울 정도의 페이스로 자리를 잡아가고 있다. 돌이켜 보면, 윔블던을 제외한 메이저 대회에서의 성적 또한 나쁘지 않았다. 올해의 성적이 반영되는 2004년 시즌에는 랭킹 10위권에도 진입할 수 있을 정도다. 아시아 선수로서는, 스리차판과 미래의 니시코리 정도만 넘볼 수 있었던 영역이다. 이재림은 이재림 나름대로의 신화를 써 내려가고 있는 중인 것이다.

"클레이에서 좋은 성적을 내주면, 어엿한 톱 플레이어로 살아갈 수 있지. 이번 시즌과 다음 시즌에 클레이에서 힘 좀 내고, 서서히 하드 코트에서도 기량을 닦으면… 더할 나위 없고."

영석의 말에 이재림이 씨익 웃음을 짓고는 질문을 던졌다.

"하드 코트는 어때?"

"내 전공이지."

이번엔 영석이 자신감 넘치는 미소를 지었다. 그 시원한 웃음을 지켜보던 진희도 덩달아 기분 좋게 웃으며 동조했다.

"나도 오랜만에 하드 코트에서 뛰니까 좋더라. 밸런스가 가장 잘 잡힌 느낌? 사실은 클레이가 가장 나랑 맞지만."

진희는 호주 오픈 준우승, 롤랑가로스 우승에 이어 이번 US

오픈에서의 우승까지 노리고 있었다. 어느새 구축된 라이벌인 쥐스틴 에냉, 윌리엄스 자매 등과의 피 터지는 대결이 다시금 진희를 기다리고 있는 것이다.

"초장에 확 기를 죽여 버려. 너만 만나면 꼼짝도 못 하게. 그래야 앞으로 10년은 편하게 투어를 다닐 거야."

"10년이나? 그 안에 대단한 선수 또 안 나올까?"

"글쎄다. 그라프가 다시 태어난다고 해도 너한테는 안 될걸."

영석이 과감한 말을 던졌다. 미래를 알고 있었기에 할 수 있는 말이기도 했다.

"…네가 그렇다면 그런 거겠지. 그래도 신체적으로 조건이 맞는 선수가 나타난다면……."

영석의 말을 대부분 신뢰하는 진희는 아무런 거리낌 없이 그 말을 믿어버렸다. 그리고 자신의 의견도 거침없이 내뱉었다.

'뭐야, 얘네 무서워…….'

말도 안 되는 소리를 태연자약하게 지껄이는 영석과, 그런 영석이 팥을 심으면 콩이 자란다는 소릴 해도 철석같이 믿을 진희의 태도는 물론이고, 그 후에 이어지는 테니스론(論)은 이재림에게 낯설면서도 섬뜩한 느낌을 줬다.

마치 놀고 있는 '영역'이 다른 것 같은 느낌, 테니스라는 종목 자체를 발밑에 두고 있는 것 같은 뉘앙스, 같은 공간에서 숨을 쉬고 있지만 전혀 다른 '종'을 마주한 느낌이었다.

'나라고 못할쏘냐.'

고개를 절레절레 저은 이재림이 영석과 진희의 대화에 재빠르게 끼어들었다.

'그래. 그렇게 하면 돼.'

영석은 내심 그런 이재림의 행동이 기꺼웠다. 그리고 잠시
틈을 보여 헐거워졌던 치열함과 기대감이 스물스물 피어오르
는 것을 느꼈다. 진희와 가족, 아카데미, 이재림까지……. 모든
조각들이 영석의 빈틈을 빠짐없이, 견고하게 틀어막았다.

이제는, 패배를 딛고 다시금 오연하게 세상을 굽어볼 준비가
되었다.

        *   *   *

파라라라라락―

셔터와 플래시 터지는 소리가 마치 깃발이 펄럭이는 것 같은
소리를 내며 영석의 귀를 즐겁게 한다.

"……"

앞에 앉아 있는 수많은 기자들의 경외가 가득 담긴 눈빛이
영석의 눈을 즐겁게 찔러온다. 윔블던 결승 패배 후와는 명확
하게 다른 느낌의 기자회견이었다.

여기저기 포진해 있는 검은 머리의 한국인 기자들은, 거의
영웅을 보듯 영석을 선망의 눈길로 바라보고 있었다. 그들의
몸에서 '자부심'이라는 아우라가 넘실대는 것처럼 느껴졌다.

"…인디애나폴리스, 워싱턴, 캐나다, 신시내티……. 참여한 모
든 대회에서 우승을 하시며, 절호조의 컨디션을 보이고 계신데

요, US오픈에서도 그 컨디션은 이어질 거라 예상하십니까?"

대회의 이름을 옳는 것만으로도 한세월이었지만, 한 기자가 또박또박 질문을 던졌다.

"물론입니다. 자신감이 충만한 상태입니다."

영석이 부드러운 미소를 지으며 답변한다. 영석의 옆에는 강춘수가 홀로 앉아 있었다. 영석과 마찬가지로 참가한 모든 대회에 우승한 진희와 코치인 최영태는 따로 열린 기자회견에 응하고 있었기 때문이다.

"내가 몸이 두 개가 아닌 게 한이다, 한."

진희와 함께 있어 달라는 영석의 강권에 최영태가 남긴 말이었다.

"윔블던 직후에는 총 세 개 대회에만 참가한다고 하셨는데, 마스터스 시리즈인 캐나다까지도 참가한 연유는 어떻게 됩니까?"

"오랜만의 하드 코트가 반가워서 저도 모르게 흥이 났나 봅니다. 거리가 멀지 않아 부담스럽지도 않았고요."

오늘 우승하면, 내일 다른 대회에 참가해야 할 정도로 빡빡한 ATP일정을 꼬집는 한마디였다. 특히 QF, 즉 8강부터는 대회의 규모와 상관없이 심력 소모가 엄청난데, 대회의 일정은 무심하게 짜여 있었다. 비행기를 타고 먼 거리를 이동해 죽은 듯이 잠만 잤다가 일어나서 또다시 대회를 뛰어야 하는 스케줄은 아무리 겪어도 진저리가 날 정도다. 특히나 우승을 밥 먹듯이 하는 영석과 진희는 그 괴로움이 늘 따라다녔다.

'배부른 소리라고 할 수도 있겠지만 말이야.'

홀로 생각을 이어나가던 영석이 피식 웃는데, 그 모습조차도 자신감으로 비춰질 정도로 회견장의 분위기는 후끈 달아올라 있었다.

"…실로 많은 사람들이 영석 선수의 US오픈 우승을 점치고 기대하고 있습니다. 본인도 US오픈 우승에 대해 많이 의식하는 편인가요?"

오늘 나온 모든 질문들의 집약체가 한 기자의 입에서 흘러나왔다. 달아올랐던 분위기가 일순 침착해졌다. 그것은 폭풍 전야의 전형적인 모습이었다.

"……."

영석의 눈도 조용히 가라앉았다. 들끓던 마음에 브레이크가 걸린다. 차분하고, 침착한 답변을 내놓으며 자신을 다스려야 함을 경험으로 알고 있는 영석이 전형적인 답을 했다.

"결과를 의식하지는 않습니다. 시합을 즐기는 것. 그것이 가장 중요하다고 생각합니다. 우승은 그 과정에서 얻을 수 있는 축복이고요."

"……."

회견장이 조용해졌다.

여기저기서 기운이 빠진 바람 소리가 픽픽 들려온다. 뜨거운 감자와도 같은 답변을 기대했던 이들의 한숨 소리다. 하지만 한 명의 기자가 바람 앞의 촛불을 살려내기 위해 갖은 애를 썼다.

"혹시 커리어 그랜드슬램이나 캘린더 그랜드슬램을 의식하진 않으신지요. 2003년엔 캘린더는 불가능하지만, 2004년엔 충분히 가능하다는 전망이 쏟아지고 있습니다."

평생에 걸쳐 단 한 번이라도 들어보기를 소원하는 메이저 대회의 우승컵.

1년에 하나라도 가져가면 이름이 길이길이 남을 정도로 얻기 요원한 그 우승컵을, 영석은 벌써 두 개나 갖고 있었다.

윔블던을 놓치며 1년 안에 네 개의 메이저 우승컵 모두를 차지하는, 이른바 '캘린더 그랜드슬램'은 이룩하지 못하게 됐지만, US오픈을 잘 치러서 우승을 하고, 내년에 윔블던에서 우승을 하게 되면, '커리어 그랜드슬램'은 스무 살에 이룩할 수 있다.

'그건 그것대로 좋지'

생각과 다른 말이 입에서 튀어 나온다.

"방금 전에도 말했지만, 결과는 과정의 부산물이라 생각합니다."

"스읍."

이제는 숫제 혀를 차는 소리까지 들린다.

패기가 넘치고, 자유분방해야 하는 어린 소년이 재미없는 인터뷰만 하니 김이 빠지는 것이다.

"이번 US오픈에서의 강력한 라이벌은 누구라고 생각합니까?"

"단연코 로딕입니다."

두루뭉술했던 답변이, 칼같이 빠르게 되돌아온다. '단연코'라는 단어에, 준엄하다고 느낄 정도의 강조가 들어갔다. 그만큼 영석의 답변엔 망설임이 없었다.

—네 개 대회 중 세 개.

윔블던이 끝나고 참가한 네 개의 대회 모두에서 우승했지만, 세 개 대회 결승은 모두 같은 사람과 붙었다.

바로 앤디 로딕이었다. 그리고 그는 영석이 회귀하기 전의, 2003년 US오픈 우승자이기도 하다. 그리고 그것이 로딕의 처음이자 마지막 메이저 우승컵이었고 말이다.

"두 선수 모두 같은 아카데미 출신이라고 들었습니다."

"첫 시합은 로딕의 승리였다고 하는데요……."

"이번 2003년도 시즌에선……."

여기저기서 질문을 던지며 완전히 죽은 줄 알았던 불씨를 살리기 시작했다.

'단순한 양반들…….'

그들은 모를 것이다. 능숙한 영석이 기자회견의 기승전결을 구성해 놓고 그 흐름대로 이끌어 나가고 있다는 사실을. 미리 준비한 것처럼, 막힘없는 대답을 쏟아내며 영석의 뇌리로 로딕과의 3연전(連戰)이 떠오르기 시작했다.

*   *   *

시작은 인디애나폴리스였다.

"난 신시네티나 롱아일랜드까지는 클레이만 참가하련다."

3회전에서 영석에게 깨진 이재림은, 이 말을 남기고 빠르게 짐을 쌌다. 생각보다 우울한 기색은 보이지 않았다. 영석에게 지긴 했지만, 한 세트를 뺏으며 하드 코트에서의 가능성을 발견했기 때문이다.

가능성을 발견했다면, 다른 곳으로 눈을 돌릴 수도 있는 법. US오픈이 하드 코트이니, 바로 전에 열리는 하드 코트 대회만 빼고 모든 시간을 클레이에 쏟겠다는 판단을 한 것이다.

"그래, 물 들어올 때 노 저어야지."

영석 또한 덤덤하게 그런 이재림을 응원했다. 홀로 투어를 다니는 이재림의 등이 어느새 꽤나 듬직해 보였다.

"조만간 보자고."

"그래."

이재림을 꺾고 쭉쭉 올라간 영석을 기다리고 있던 상대는… 바로 로딕이었다.

영석을 마주하자 움츠러드는 자신의 몸과 마음을 의식했는지, 미세하게 균열이 간 듯한 눈빛이었다. 하지만 그 틈새에서 새어 나오는 승부욕을 읽은 순간, 영석은 확신했다. 4분기가 바로 로딕의 '전성기'가 될 것을.

—이제 패배를 씻어낼 때가 됐다.

프로로 데뷔 후 로딕과의 전적에서 영석은 단 한 차례의 패배도 용납하지 않았었다.

—전승.

이 정도면 상성 이전의 실력 문제로까지도 받아들여질 수밖에 없는 상황이었다.

'안 그런 선수가 어딨겠냐만은……'

영석이 코트로 들어서고 있는 모습을 신나게 찍고 있던 박정훈이 내심 중얼거렸다.

2002년에 데뷔하여 2년 동안 영석이 시합으로 패배한 경우는 단 한 번. 바로 페더러를 상대로 했을 때뿐이다.

그 외의 '모든' 선수에게 전승을 거두고 있는 영석은, 신화라는 단어로도 부족한 역사를 써 내려가고 있는 와중이다.

'저번에는 내가 미숙했어…….'

이영석, 김진희, 이재림…….

선수들 나이의 두 배도 넘는 세월을 살아왔었건만, 패배한 선수 본인보다도 더 충격에 빠져 허우적댔던 자신의 미욱한 모습이 떠올라 자멸감에 빠져들던 박정훈은 더욱더 열심히 셔터를 눌러댔다.

"……!!"

그런 박정훈을 위로하려 한 것일까.

무심코 고개를 돌린 영석이 박정훈을 발견한다.

두근, 두근…….

저도 모르게 식은땀이 관자놀이를 타고 주르륵 미끄러진다. 심장은 주체할 줄 모르고 마구 뛰어대고 있다. 마치 경마 같다. 그리고 영석은 박정훈을 가리키며 윙크를 날렸다.

"하하……."

너무나 어울리지 않는 영석의 모습에, 박정훈은 그만 소리 내어 웃고 말았다. 그 모습을 본 영석이 입꼬리를 말아 올려 웃음 짓고는 코트를 향해 걸어갔다.

로딕과의 첫 대전은 실로 뜨거웠다. 전문가들에게 얘기를 들으면 열에 열은 모두 '명경기'라며 칭송을 했다. 그러나 로딕은 분루를 삼킬 수밖에 없었다.

4 : 6, 6 : 3, 7 : 5.

세트 스코어 2 : 1.

영석의 신승(辛勝)이었다.

'아슬아슬했어.'

영석을 맞이했을 때, 로딕이 취한 전략은 크게 단 한 가지였다.

—나는 강서버가 아니다.

전 세계 그 누구를 상대로도 비교우위에 서 있는 서브. 하지만 로딕은 영석에겐 그 비교우위가 적용되지 않는다는 것을 누구보다 잘 알았다. 남은 것은 그라운드 스트로크, 스텝, 기술, 속도, 심계……. 그야말로 테니스 선수에게 필요한 모든 역량을 총동원하는 것뿐이었다.

"……."

그리고 로딕은 패배했다.

어찌나 몰입을 했었는지, 패배가 결정되자 다 큰 남자가 쓰디쓴 눈물을 흘려댔다. 두 눈을 부릅뜨고 영석을 바라보며 눈물을 흘리는 모습은, 괴이할 정도로 마음을 일렁이게 했다.

"…지금 이후로 널 만날 때까지 아무 말도 하지 않겠어."

로딕은 묵직한 한마디를 남기고 코트를 떠났다.

"……."

남은 영석은 멍하니 로딕의 뒷모습을, 시선으로 좇았다.

바로 다음 날 이어진 워싱턴에서의 대회.

이 대회의 SF(4강) 대전표는 살벌하기 짝이 없었다. 이영석, 페르난도 곤잘레스, 안드레 애거시, 앤디 로딕… 거의 메이저 대회를 방불케 하는, 실로 쟁쟁한 선수들의 접전이었다.

6 : 3, 6 : 2.

영석은 페르난도 곤잘레스를 압도적인 스코어로 무찌르며 결승에 진출했다.

로딕은 애거시에게 지고 말았는데, 애거시의 노익장은 아직도 진행 중임을 알 수 있는 경기였다.

7 : 5, 6 : 4.

그러나 영석은 이번에도 어김없이 애거시를 이겨냈다.

결승에서만 벌써 세 번째 만나는 애거시는, 영석과 또 마주하자 전의를 태웠지만, 경기가 길어지며 우승을 내줄 수밖에 없었다. 이 결승에서 나온 브레이크는 단 두 개였다.

2003. 08. 04.

윔블던 이후 세 번째 대회는 캐나다 퀘백 주, 몬트리올에서 열리는 마스터스 시리즈였다.

모두 US오픈이라는 본 게임을 위한 준비 과정. 인디애나폴리스, 워싱턴이 준비운동이었다면, 캐나다—신시내티에서 열리는 마스터스 시리즈들은 조깅에 해당됐다.

─랭킹 포인트 1,000점.

메이저 대회의 랭킹 포인트가 2,000점이니 연달아 이어지는 두 개의 마스터스 대회에서 모두 우승하면, 메이저 대회에서 우승한 것만큼의 포인트를 얻게 된다.

쟁쟁한 선수들이 모두 눈에 불을 켜고 참가한 이 두 대회는, 영석도 마음의 준비를 단단히 해야 했다.

첫 번째 마스터스 시리즈.

로딕이 SF에서 기적적인 승리를 일궈냈다. 상대는 영석을 공식전에서 이긴 지구상의 유일무이한 테니스 선수, 페더러였다. 한창 감각이 무르익을 대로 무르익은 페더러였지만, 영석을 상대할 때의 '신기 어린' 플레이는 펼치지 못했고, 로딕은 그런 페더러를 순간적으로 압도하며 1세트와 3세트를 가져와 승리를 챙겼다.

영석은 가뿐하게 날반디안을 이기고 올라와, 절정의 기세를 보이고 있는 로딕과 다시금 결승에서 붙게 되었다.

─7 : 5, 5 : 7, 7 : 5.

세 게임 모두 게임 듀스까지 가는 치열한 접전. 그러나 결과적으로 영석은 또 한 번 로딕에게 벽이 돼주었다.

승자와 패자는 바뀌지 않은 것이다.

"……."

영석은 난생 처음으로 승자의 부담감을 느꼈다.

로딕은 이날 라켓을 세 자루나 부러뜨렸다. 1세트 때 하나, 3세트 때 하나, 시합이 끝나고 하나.

그뿐인가.

침착하고 쿨하기로 유명한 그였지만, 시합 내내 고함을 질러 댔다.

"……."

그 처절함, 그 분노가 절절히 느껴지는 경기여서, 영석도 제법 부담을 느꼈지만, 그래도 승리를 넘겨주는 멍청한 짓은 안 했다. 아니, 할 수 없었다.

'분하다면, 다음엔 나를 뛰어넘기를.'

'프로'라는 타이틀을 달고 있는 이상, 감정으로 해결될 것은 아무것도 없었기 때문이다. 그리고 드디어 US오픈 전, 마지막 대회인 신시내티가 영석과 로딕의 라이벌 구도에 불을 지피며 기다리고 있었다.

*   *   *

신시내티.

무려 100여 년의 역사를 자랑하는, 미국의 몇 안 되는 최고(最古)의 대회인 이 대회는 US오픈을 대비할 수 있는, 실질적인 마지막 대회이다.

그래서일까.

영석은 정신 무장을 새로이 했다.

'조금이라도 방심하면… 바로 진다.'

완벽이라는 것을 추구하는 동물이 바로 사람이다. 그 말인

즉, 사람은 완벽할 수 없다는 뜻이다. 영석은 자신이 완벽하지 않다는 것을 절실히 깨달았었다. 단 한 번의 패배로 말이다.

'내 안에 있는 것들 중, 내가 인식할 수 있는 건 아주 일부분이야.'

강박적으로 자신의 내면을 들여다보곤 했던 영석이라 할지라도, 아주 미약한 방심이나 헐렁함은 감지하지 못했었다. 지금에 와서는, 그것이 패배의 이유라고 생각된 영석으로서는, 숨쉬는 모든 순간순간을 철저하고 처절하게 자신을 몰아치는 시간으로 삼고 싶었다.

그리고 그 엄정한 마음 자세는… 승리라는 결과로 영석에게 보답을 하고 있었다. 요사스러울 정도로 승리를 거듭하고 있는 것이다.

"넌 컨디션이란 게 없어?"

오죽했으면, 최영태가 직접 이렇게 물을 정도로 기복 없는 플레이를 계속하는 영석은, 어느새 '경외의 대상 1호' 선수가 되었다. 신시내티에 이르러선, 사람 같지 않은 무서운 모습을 가장 완벽하게 보여주고 있는 것이다.

영석과 시합을 했던 선수, 그렇지 못한 선수 모두 본능적으로 영석과 자신 사이에 있는 격차를 확연하게 인식하고 있었다.

"컨디션이 좋아야 이기면 실력이 아니잖아요."

영석의 대답은 충격적이었고, 이는 곧바로 박정훈의 기사 소스로 활용되었다. 뿐만 아니라, 세계 유수의 언론들에게까지 뻗쳐 나간 영석의 말은, '철혈(鐵血)'이라는 단어가 이름 앞에 붙게

끔 만들었다.

〈철혈(鐵血)의 황제〉

짧은 시간 안에 이토록 큰 파급을 일으켰던 선수가 있던가.
큰 키, 서늘한 눈매의 동양인은 어느새 테니스계를 자신의
색으로 물들이고 있었다.
피트 샘프라스와 안드레 애거시의 이름을 밀어내고서 말이다.

"…유치하게 그게 뭐예요."
박정훈의 보고(?)를 들은 영석은 대번에 인상을 찌푸리며 자
신의 별명을 탐탁찮아 했다.
"어째 호주나 프랑스 우승 때보다 요즘이 더 뜨겁단 말이
지……."
박정훈은 가볍게 영석의 불평을 무시하며 중얼거렸다. 그런
박정훈을 본 영석이 고갤 저었다.
'와전이란 게 이렇게 무섭다니까……'
'컨디션이 좋아야 이긴다면, 그건 실력이 아니다.'라는 문제의
발언은 다른 의미가 아닌, 말 그대로 '문자 그대로의 의미'였다.
컨디션이 아무리 좋아봐야, 상대가 목숨을 태울 정도로 집중
하고 있다면 소용이 없다.
'모든 변수를 상정하고서도 이겨낼 수 있어야 해.'
그 말을 머릿속뿐 아니라, 온몸에 각인시킨 영석은 한참을

중얼거리고 있는 박정훈의 모습 너머를 노려보고 있었다.

*   *   *

　운명일까, 우연일까.

"……."

　신시내티에서의 결승 또한 로딕과 맞붙게 되었다. 멍하니 입을 벌리던 영석은, 싸늘한 시선을 보내고 있는 로딕을 보고는 빙긋 웃음 지었다.

　'인연이야.'

　침묵으로 가득한 코트장이 자아내는 분위기는, 실로 살벌하고 차가웠다.

　"이긴다. 오늘은 이겨."

　연습이 끝난 후, 서브권을 가리기 위해 주심과 함께 모인 자리에서 로딕은 씹어뱉듯 음절을 하나하나 끊어 말했다. 정말 묵언 수행이라도 한 건지, 목소리에 실금이 가득 자리하고 있었다. 마치 쇳소리처럼 그르렁대는 그 목소리를 들은 영석은, 차분하게 답했다. 실은 끓어오르는 마음을 다잡기 위해 안간힘을 쓰면서.

　"언제든, 이길 수 있다면 이겨야지."

"……."

　그게 여유로운 모습으로 비춰졌을까. 로딕은 말을 하지 않고 영석에게서 시선을 거두어 심판에게로 눈길을 돌렸다.

뱀이 온몸을 칭칭 감고 있는 듯한 살기(殺氣)가 거두어지자, 영석은 내심 한숨을 쉬며 로딕과 마찬가지로 심판에게로 시선을 두었다.

팅—

그리고… 오늘의 운명을 가르는 데 단초가 될 동전이 하늘을 자유롭게 유영했다.

쾅!!

첫 서브 게임.

명불허전, 세계 최고의 서버 중 한 명인 로딕의 서브가 대기를 갈랐다. 괴이할 정도로 부드럽게 뒤틀어지는 팔꿈치의 탄력이 그대로 공에 실려 섬뜩하게 뻗쳐오는 서브는 시간과 공간을 살라먹었다.

쿵!!

"피프틴 러브(15 : 0)."

그 엄청난 서브가 짧게 떨어지자, 영석은 반응할 도리가 없었다.

'이건 못 받지.'

자주 대결을 했다고 해도, 시합을 다시 하게 되면 서로의 서브가 눈에 익지 않아, 이처럼 반응하기 어려웠다. 거기다가 짧게 떨어지면, 상대적으로 반응할 시간이 줄어들게 되어 즉각적인 반응이 어려워진다.

시냅스(Synapse)의 전기적 반응 속도를 초월하는 서브인 것이다.

"……."

첫 시작이 훌륭했음에도, 로딕의 얼굴은 석고상처럼 일말의 변화도 일어나지 않았다. 영석은 긴장으로 어색하게 굳어버린 로딕의 모습을 바라보며 의미심장한 미소를 지었다.

결론적으로, 영석은 세 번째 맞대결에서 승리를 거뒀다.

7 : 5, 4 : 6, 7 : 6의 아슬아슬한 승리였다.

마지막 세트는 6 : 6까지 진행이 되어 결국 타이브레이크로 접어들었었는데, 이 또한 7 : 5로 영석이 아슬아슬하게 승리를 거두게 되었다.

"너무 짧았어."

로딕이 자신의 모든 것을 불태우기엔, 신시내티라는 무대에서의 결승은 너무 짧았다. 5세트 경기가 아닌, 3세트 경기이기 때문이다. 실제로도 1세트를 제외하고는, 영석이 뚜렷하게 우세를 점하지 못했었다.

만약 5세트 경기였다면, 로딕으로서도 승리에의 길을 열어볼 수 있는 기회를 얻을 수 있었을 것이다.

'그 서브 하나로 날 이렇게 몰아치다니…….'

선수란, 어느 한 계기가 주어졌을 때 얼마만큼이나 자신을 변화시킬 수 있는지에 따라 그 자질이 갈린다. 그 계기는 어느 대회가 될 수 있고, 어느 선수가 될 수도 있다.

페더러와 마찬가지로, 로딕은 자신의 모든 역량을 터뜨릴 수 있는 시즌을 만나, 영석이라는 거대한 암초와 맞부딪히게 되었다. 그러고는 끊임없이 자신의 한계를 시험당하고 있었다. 그런 의미에서 이번 결승에서의 로딕은, 뭔가의 변화를 보였다. 그것은 발전 혹은 향상이라는 영역에 속해 있었다. 서브라는, 테니스 선수로서 축복에 가까운 영역에서의 초월적인 능력이 껍질을 깨며 한 단계 더 비상하는 것처럼 느껴진 것이다.

'남들 좋은 일 시켜주는군.'

자신보다 역량이 위 줄이 있는 선수와의 대전은 프로에게는 축복에 가까운 일이다. 하지만 영석은 '위 줄'에 해당하는 선수로 단숨에 자리매김하게 되어버렸다. 그건 영석으로서도 예상치 못한 일이었다.

'너무 빨랐어.'

세대교체가 이루어지는 과도기에 출사표를 던지게 되었다.

천천히 투어를 돌며 강적들과의 대전을 즐기며 톱 랭커로 거듭나는 과정을 5~7년으로 잡았던 영석이었지만, 돌출됐다고 여겨질 정도의 빼어난 역량으로 인해 단숨에 톱의 자리에 앉았다. 스쳐 지나가 버린 도전자로서의 입장을 차분히 배웅하지도 못한 채, 이제는 많은 선수들의 도전을 받는 입장이 되었다.

어찌 보면 손해 보는 역할.

하지만 피식 웃고 있는 영석은 기꺼운 표정이었다.

'너희들이 아득바득 올라와야… 나도 즐겁다.'

투어 생활은 길다.

어지간한 큰일이 없다면, 영석이나 진희 모두 14, 5년 정도는 전 세계를 누비며 시합으로 점철된 일상을 살아갈 것이다.

그 삶은 너무나 길고 고단해서, 승과 패에 목숨을 걸고 일희일비(一喜一悲)하는 것조차 사치에 불과할 정도로 메마르게 변질되고야 만다.

필요한 건 오직 불을 계속 붙여놓을 수 있는 심지와, 그 심지를 태울 수 있는 불뿐.

'나도 그랬었으니……'

종류는 다르지만, 하나의 세계에서 독보적인 존재로 군림해왔던 영석은 라이벌 혹은 호적수라 불릴 선수들의 필요성을 너무나 잘 알고 있었다.

그게 없으면, 선수로서의 삶은 '비지니스'만 남는다. 애써 스포츠로 평생을 살아갈 다짐을 했던 사람에게는 조금은 애달픈 일이 될 수도 있다.

'그때보단 지금이 훨씬 낫지.'

벌써 몇 번이고 대전했던 페더러와 나달, 아직 얼굴을 비추지 않은 조코비치와 머레이, 빅4의 아성을 위협할 바브린카……. 아직도 많은 선수들이 본무대에 입장하지 않았다.

언제든 인외의 경지를 펼칠 선수들이 많이 남았다는 뜻이다. 로딕 또한 그런 면에서 라이벌로서 차고 넘치는 존재다.

'그게 결승이든, 어디든… US에서의 대결을 기다리고 있으마.'

*   *   *

"…그럼 오늘의 기자회견을 마치겠습니다."

강춘수가 나서서 기자회견의 끝을 알렸다.

로딕과의 연전을 상기하던 영석 또한 가볍게 정신을 차리고는 주섬주섬 자리를 정리하는 기자들을 바라보았다. 각자의 방법으로 기록하였던 기사들을 정리하는 모양새가 바빠 보였다. 어딘가로 전화를 거는 기자도 있었고, 동행한 사람과 진지한 얼굴로 의견을 주고받는 기자도 있었다.

획―

그리고 그 틈바구니 속에서 박정훈이 손을 흔들며 영석에게 자신의 존재를 알렸다.

"……."

영석은 그런 박정훈을 보며 미소 지었다.

"좋은 답변이었어. 이제는 완전히 프로야, 프로."

기자회견을 마친 영석과 진희는 한자리에 모여 박정훈의 말을 듣고 있었다.

"새삼스럽게 무슨……."

영석이 가볍게 핀잔을 주었지만, 박정훈은 과장되게 고개를 저을 뿐이었다. 잠시 소원(?)했던 윔블던 이후의 거리감을 좁히려는 것인지, 하나같이 과장된 표현을 보였다.

"나는 언제나 그런 기자회견을 하려나~~~ 아아아~~!"

잔뜩 토라진 목소리가 한 구석에서 불쑥 쳐들어왔다.

인디애나폴리스 이후로 클레이에 몰두하기로 다짐한 이재

림이었다.

신시내티에 참가하여 2회전까지 무서울 것 없이 승리를 이어
간 이재림은, 3회전에서 Mardy Fish라는 미국 국적의 선수를
만나 패배하고 영석과 진희가 우승하는 걸 지켜본 후에 함께
US오픈이 열리는 뉴욕까지 와 있는 상태였다.

'피시는… 썩 훌륭한 선수지.'

서브 & 발리의 명수로, 애거시 이후로 침체되어 가는 미국
테니스를 로딕과 함께 이끌고 있는 선수다.

모든 면에서 로딕보다는 임팩트가 약했지만, 꾸준히 10위권
에 머물 수 있는 역량을 가진 선수로 평가받고 있었다. 미래를
알고 있는 영석이 이름을 뚜렷하게 기억하고 있는 것 하나만
봐도, 피시라는 선수의 이름은 결코 가벼운 것이 아님을 알 수
있다.

하지만 결코 이재림이 피시에 비해 역량이 떨어지는 건 아
니다.

'어지간히 서브 & 발리에 약하구나.'

다만 상성의 문제가 있을 뿐이다.

클레이에서 붙었다면 열에 일고여덟 번은 이재림이 이길 수
있었으리라.

"뭘 또 그렇게 삐딱하게 구냐."

진희가 이재림의 등짝을 때리며 핀잔을 주자, 이재림의 입이
대번에 튀어나왔다.

"그냥……. 너흰 하늘을 뚫을 기세로 승승장구하는데… 난

아직도 별 관심을 못 받으니까……."

삐죽한 말을 쏟아내는 이재림을 보고 영석이 피식 웃었다. 이재림이 진심으로 불평을 쏟아내는 것이 아님을 알아차렸기 때문이다. 저 모습은 빨리 자신의 성과를 칭찬해 달라고 칭얼대고 있음에 틀림없다.

"두 개 다 우승했다며?"

영석이 못 이긴 척 입을 열자 이재림이 배시시 웃었다.

"물론이지! 음하하하! 나도 내가 무서울 정도야! 내년 롤랑가로스는 내가 먹을 거다!"

인디애나폴리스 이후로 참가한 두 개 대회에서 연달아 우승을 차지한 이재림은, 이제 한국뿐 아니라 세계에서도 주목하고 있는 신성(晨星)이었다.

적당히 기고만장한 어투로 나대는 모습이 퍽 귀여웠는지, 박정훈도 이재림을 띄워주기 시작했다.

"안 그래도 재림 선수 특집 기사도 준비 중이야. 기사 타이틀도 정해놨지. 〈한국의 클레이 스페셜리스트, 세계를 향해 도전장을 내다!〉 무려 12p 독점! 어때? 멋있지 않아?"

"어, 으, 음……."

이미 한국에서는 입지전적인 유명세를 떨치고 있는 〈테니스 코리아 매거진〉은 최소한 한국의 테니스 관계자들에겐 그 어떤 언론보다도 압도적인 유명세를 떨치고 있었다. 그렇게 멍석을 깔아주자 이재림은 대번에 얼굴이 빨개져서는 머리를 긁적이며 어쩔 줄을 몰라 했다. 모두가 이재림의 모습을 보며 파안

대소하자, 영석도 소리 내어 웃었다.

모두의 웃는 얼굴이, 어쩐지 아련하면서도 따뜻하게 느껴졌다.

'올 시즌도 끝을 향해 가는구나……'

네 개의 메이저 대회.

그중 대미(大尾)를 장식할 US오픈이 성큼 다가와 선수들을 향해 크나큰 입을 벌리고 있었다.

Chapter 81
2003 US Open

2003 US Open의 대전표가 완성되었다.

"언제나 그랬지만, 메이저는 역시 숨이 막혀와."

이재림이 기가 질린 듯, 자그맣게 중얼거렸다. 일상적인 푸념이었지만, 일행 모두 공감한다는 듯 고개를 주억였다.

"……."

128명의 이름이 나열되어 있는 1회전의 명단만 훑어보려 해도 한참의 시간이 필요했다. 거의 대부분의 선수가 호락호락하지 않았다. 이 본선 명단에 들었다는 것 자체만으로 일류임을 증명하게 되는 것이니, 어느 한 사람도 쉬이 여길 수 없는 것이다.

일행들의 눈동자가 쉴 없이 이곳저곳을 누빈다.

"근데 너흰 어째 이제 1번이 아주 자연스럽다?"

이재림이 ATP명단과 WTA명단 가장 윗부분을 손으로 짚자 영석과 진희는 어깨를 으쓱이며 별 대응을 하지 않았다.

"크으……!! 내가 이 맛에 철새처럼 세계를 떠돌아다닌다니깐!"

물론, 애국지사(?)인 박정훈은 유난을 떨며 자지러졌다.

"내년엔 우리 재림 선수도 열 손가락 안에 들어 위쪽에 자리 하게 되겠지!"

"……."

찰칵—

김서영은 명단을 찍어대고 있었다. 필시 팬 페이지에 올릴 사진일 것이다. 그렇게 두 기자의 주접을 뒤로하고 선수들과 코치는 진중한 눈으로 명단을 계속해서 훑었다.

"어디 보자……. 춘수 씨 이 선수와 저 선수, 그리고……."

"WTA에서는 아무래도……."

최영태와 강춘수, 강혜수 남매는 머리를 맞대고 영석과 진희 가 만나게 될 가능성이 높은 선수들을 추리기 시작했다.

"뭐, 뭔가 전문적이야……. 멋있어!"

이재림이 입을 헤 벌리고 그 모습을 부럽다는 듯 바라봤다. '어!' 하는 자그마한 비명이 영석의 입에서 나온 것도 그때였다.

"그러고 보니 손태양 코치님은?"

의식하지 못해서 그렇지, 이재림은 투어를 '혼자' 돌고 있었 다. 그 사실을 깨달은 영석의 안색이 하얗게 물든다. 아무리 한 신은행과 계약을 하고 '프로'로 투어에 뛰어들긴 했지만, 이재림 은 영석과는 달리 '학생'이었다.

일정의 상당 부문이 자신과 겹쳐서 특별하게 의식하지 못했었는데, 이재림은 거의 혼자였던 모습이 많았다. 선수 혼자 투어를 다니고 있다는 건 정말이지 상상도 못 할 일인데 말이다.

"학교는?"

영석의 질문에 이재림이 신기한 것을 보는 듯한 눈초리를 하며 답했다.

"손 코치님은 내 전담이 아니라, 고등학교 코치님이었잖아. 곧 학교 정리하고 나 도와주시기로 했어. 내년부터는 전담 코치로 올 거야. 학교는 이미 말 맞춰서 졸업장은 확보했고."

"에이전트는?"

선수가 시합을 하기 위해 필요한 것들은 셀 수 없이 많다. 시합 신청은 물론이고, 항공편, 숙박 수배, 연습 코트 수배, 히팅 파트너 수배… 모든 것들을 해줄 수 있는 사람이 필요한 것이다. 그뿐인가. 공식, 비공식 일정 전반에 대해 관리해 줄 수 있는 사람 또한 필요하다. 강춘수와 같은 에이전트말이다.

"어… 너무 걱정하지 않아도 돼. 나도 한신은행에서 이것저것 챙겨주고 있어. 에이전트야 나도 있지. 너희랑 일정 틀어질 때는 그 양반이랑 같이 다녀."

보기 드물게, 영석이 목소리를 높이며 걱정을 해주자, 이재림이 난처하다는 듯 기어들어 가는 목소리로 답했다.

"후……. 미안하다. 이런 것도 신경 못 써주고."

같은 기업에게 후원을 받고 있고, 조만간 실업팀이 창단이 되면 비록 투어를 다니는 선수이지만 한 팀에 이름을 올릴 수도 있게 되는 '동료'의 중대사를 인식하지 못했다는 게 영석에게는 꽤나 큰 충격이었다.

이재림은 에이전트가 있다고 했지만, 그게 '전담'인지는 모를 일이다.

"응? 야, 그 정도는 아니지. 네가 왜 미안해. 챌린지급만 가도 혼자서 모든 걸 해결하는 선수들이 한 트럭이야, 한 트럭."

정색을 한 이재림이 영석의 사과에 되레 목소리를 키웠다.

"나도 알지. 그래도… 그들에게 미안하지만, 넌 이제 챌린지급에 다닐 선수가 아니잖아."

"……."

이번엔 영석이 주도권을 쥐었다. 할 말을 잃은 이재림을 상대로, 영석이 말을 쏟아냈다.

"올해만 해도, 거의 예닐곱 개 정도 우승했지? 그것도 250 이상에서만. 그 정도면 혼자 다니면 안 돼. 선수는 오로지 시합 하나만 생각을 하기에도 시간이 모자라. 모든 부분에서 서포트해 줄 수 있는 사람이 필요해. 전담 코치는 말할 것도 없고."

"…그야 나도 알지……."

"우승도 많이 했겠다, 상금도 많겠다… 한신은행이 미적대면 자비로라도 사람을 고용해야지. 언제든 이런 일에 대해서 문제 있으면 말해. 할 수 있는 모든 수를 써서 도와줄 테니까."

영석과 이재림이 언성을 키우자, 대전표를 두고 이런저런 말을 나누던 일행들이 둘을 주시했다.

"춘수 씨. 이왕 하시는 일, 재림이 상대들도 부탁드릴게요."

"어려운 일도 아니니 그렇게 하겠습니다."

"그리고 2003년 시즌 끝나면 김용서 대표님과 면담도 부탁드리고요."

주제 넘는 짓이고, 오지랖을 부리는 것일 수도 있지만, 영석은 거침없이 지시 사항들을 강춘수에게 전달했다. 이재림이 평소 얼마나 큰 열등감에 짓눌려 있는지 잘 알고 있는 까닭이다.

프로의 세계는 냉정하지만, 그럼에도 불구하고 이재림 정도의 선수는 귀하고 귀했다.

'…유일무이한 친구이기도 하고.'

그리고… 이재림은 사교성이 없는 영석과 진희에게 아주 소중한 벗이기도 했다.

"…고맙다."

이재림의 목소리에 물기가 어렸다.

*   *   *

2003. 8. 25.

US오픈 1회전의 날이 밝았다.

USTA 빌리 진 킹 국립 테니스 경기장은 매년 그렇듯, 엄청난 인파로 인해 몸살을 앓고 있었다. 마지막으로 열리는 메이저 대회이니만큼, 초미의 관심을 불러일으키는 것이다.

물론, 경기를 준비하고 있는 선수들에겐 해당되지 않는 분주함이었다.

"나는 믿어. 훗날 한국에서 ATP500 이상의 대회가 열릴 거고, 그 코트들의 이름은 너희의 이름을 따올 거야. WTA도 마찬가지고."

'빌리 진 킹'이라는 테니스 선수의 이름을 딴 경기장에 들어서서인지, 박정훈은 마치 십 대 청소년처럼 휘황찬란한 꿈을 노래하듯 뱉었다.

"우와… 기자님, 나 방금 소름 돋았어요……."

이재림이 진저리난다는 표정으로 박정훈을 타박했다.

그 모습을 본 영석은 내심 이재림이 박정훈과 어울려 주는 것을 다행이라고 생각하며 서서히 잠들어 있던 집중력을 자극하기 시작했다. 명경지수(明鏡止水)를 이루고 있는 마음에 불똥 하나가 파스라이 떨어졌다.

확—

고귀한 호수가 아니라 기름의 강이었을까.

불똥이 떨어지자 들불처럼 빠르게 불길이 번졌다.

"후우……."

가볍게 한숨을 내쉰 영석이 잠시 감았던 눈을 떴다. 갈색 동공 속에 파란 불꽃이 으르렁거리며 잠자코 몸을 웅크리고 있었다.

마구잡이로 날뛰는 가슴과, 냉정한 이성의 이상적인 배합. 영석의 경우엔 이처럼 맹렬한 불길처럼 타오르는 집중력이 적성에 맞았다.

"……."

시합을 치를 준비가 끝난 영석이 박정훈과 수다를 떨고 있는 이재림을 바라봤다.

'그때가 엊그제 같은데……'

한국인끼리의 결승전으로 화제를 모은 US 오픈 주니어에서 영석은 이재림을 상대로 무자비한 승리를 거뒀었다.

그리고 이재림에게는 미안하지만, 주니어들을 상대로는 더 이상 어떠한 발전도 함양할 기회가 없다는 생각이 들어 바로 프로로의 진출을 선언했다.

그 원대한 포부를 가슴속에 꽉 움켜쥐고 관람했던 사핀과 샘프라스의 결승.

조금은 낯설었던 초록색 하드 코트를 누비는 그들의 격정적인 모습에서, 영석은 혈관이 타버릴 것 같은 황홀함을 느꼈었다.

'그런데 벌써……'

2년이 지났고, 노쇠한 샘프라스와 방탕한 사핀은 더 이상 코트에서 보이지 않았다. 애거시는 마지막으로 노익장을 과시하고 있으며, 대천재 4명이 자신들의 시대를 기다리며 투어를 전전하고 있다.

'난 또 우승할 거고.'

영석의 겉과 속은, 지금 이 순간 극명하게 반대로 치닫고 있었다.

"…날씨도 나쁘지 않고, 모든 게 다 알맞네요."

입을 열자니, 쓸데없는 소리가 삐죽 나온다. 말하는 본인도 의미를 제대로 인지하지 못할, 어이없는 말이었다.

그러나 몸을 쭉쭉 펴고 있는 영석은 그 어느 때보다도 침착해 보였다. 얼마나 침착했는지, 불길의 일렁임만 있을 뿐, 눈동자는 일말의 잔떨림도 없이 미동조차 하지 않았다.

그 괴이함을 인지했을까, 진희가 손바닥을 활짝 펴 영석의 눈앞에 갖다 댄다.

"괜찮은 거야?"

"물론이지."

영석이 빙긋 웃으며 답했지만, 진희는 고개를 갸웃했다. 소름 끼치도록 미동이 없는 눈동자는 변함이 없었기 때문이다.

"오늘의 내 남자, 낯설다."

진희가 장난스레 눈을 찡긋하며 영석을 덥석 안았다.

"땀났을 때 꼭……."

"으으으으! 시끄러어어! 충저언 주우웅!!"

영석이 뭐라 하든 말든 진희는 영석을 으스러지도록 안으며 혼자만의 의식(?)을 치렀다.

휙—

그러고는 낌새도 없이 냉큼 떨어져서는 상큼하게 외쳤다. 앙큼하기 짝이 없는 모습에 영석이 풀썩 웃고야 말았다.

그제야 반들반들 매끈하게 빛나던 눈이 촉촉해지며 사람의 눈으로 돌아가는 것 같았다.

"갑시다! 1회전!"

"가자!"

"…오오오!"

옆에서 둘의 닭살 행각을 마치 지나가다 발견한 돌멩이 보듯 바라보던 이재림이 둘의 구호에 어색하게 끼었다.

　그렇게 1회전이 시작되었다.

　　　　　*　　　　　*　　　　　*

　당연하지만, US 오픈(US Open)은 매년 개최되는 4대 그랜드
슬램 테니스 대회의 하나이다.

　'메이저 대회'라는, 구경조차 힘든 왕관을 제 것처럼 자연스
레 쓰고 있는 이 대회는, 세계에서 가장 오래된 테니스 대회 중
하나로 1881년 처음 시작되었다. 자그마치 120년 동안 계속해
서 대회가 이어져 온 것이다.

　이 고령의 대회는, 미국의 노동절을 전후하여 2주에 걸쳐 열리
며, 그랜드슬램 대회 중에서는 연중 가장 마지막으로 열린다.

　미식축구(NFL)나 농구(NBA), 메이저리그(MLB)와 더불어 테
니스는 미국에서 썩 괜찮은 인기를 받고 있다.

　그런 인기를 의식한 것일까.

　US 오픈에서 사용되는 모든 코트에는 야간 조명 시설이 갖
춰져 있어 미국 텔레비전 방송 황금 시간대에 경기 생중계가
가능하다.

　'그러고 보니 코트 색깔도 TV 화면에서 공 더 잘 보이라고
파란색으로 바꿨다는 소리도 있었지……'

　툭, 툭…….

　아직은 2003년, 코트는 연두색이었다.

바닥에 공을 튕겨본 영석이 고개를 끄덕이며 동감했다.

'확실히 화면으로는 잘 안 보일 수도 있겠어…….'

하지만 플레이에는 전혀 지장이 없었다.

'이번 대회는, 더더욱 빠르게 경기를 진행하자.'

아직 다이어트(?)가 제대로 진행되지는 않았다. 윔블던이 끝나고 딱 1.5㎏정도를 감량했을 뿐이다. 그것만으로 대단하다는 소리를 들었지만, 영석은 스스로 그 효과를 인식할 수 없었다.

'빨리 끝내는 수밖에.'

마침 US 오픈은, 다른 메이저 대회와 비교해서 체력적인 부담이 덜하다.

US 오픈의 가장 특징적인 요소는 바로 '마지막 세트 타이브레이크'다.

US 오픈은 나머지 그랜드슬램 대회들과 달리 마지막 세트에서도 타이브레이크를 적용한다. 나머지 대회들의 경우, 남자 경기의 5세트나 여자 경기의 3세트에서는 게임 스코어가 6 : 6 동률이 되어도 타이브레이크 적용 없이 어느 한쪽이 2게임을 내리 따낼 때까지 계속해서 경기를 진행한다. 이른바 게임 듀스인데, 이렇게 두 게임을 따야 승리하는 방식은 게임을 무한정으로 늘릴 수 있다.

합리적인 미국인들답게, 선수의 체력, 관객들의 지루함, 시청자들의 이탈 등을 막기 위해 US 오픈은 1970년 메이저 대회로서는 최초로 마지막 세트에서 타이브레이크를 적용되기 시작했으며, 현재에도 마지막 5세트에서 타이브레이크를 적용하는 메이저 대회는 US 오픈이 유일하다.

쏴아아아ー

어느새 몸풀기가 끝나고, 시합이 시작되었다.

관중들의 박수 소리가 물줄기처럼 코트로 쏟아져 내린다.

"후……."

통, 통, 통, 통, 통……

공을 바닥에 튕겨보자, 하드 코트 특유의 맑은 울림이 공으로 고스란히 전해져 온다.

영석은 살벌한 침묵을 머금고 공을 토스했다.

휘리릭ー 쾅!!!

바야흐로 US 오픈의 시작을 알리는 서브가 코트를 쩌렁쩌렁하게 울리며 쏘아져 나갔다.

                    *   *   *

일정은 거칠 것 없이 쭉쭉 빠르게 진행됐다.

어느새 SF(4강)을 앞두고, 영석과 진희, 그리고 이재림은 한자리에 모여 각자의 포부와 소회를 나누는 자리를 가졌다. 물론, 최영태 등의 일행도 함께였다.

이른바, '행동이 의식을 다듬는다.'는 행위인데, 귀찮더라도 이렇게 모여 얘기를 나눠 보다 나은 자신을 위한 단초를 붙잡으려 하는 것이다.

"부럽다. 시드가 높으면 정말 상대들이 편해지는구나."

3회전에서 안드레 애거시를 만나 6 : 4, 3 : 6, 2 : 6, 6 : 4, 3 : 6으로 석패(惜敗)를 당한 이재림이 영석을 향해 말했다. 물론, 오해의 여지가 있을 수 있는 말이기에 부연하는 것 또한 잊지 않았다.

"그렇다고 네가 운으로 올라갔다는 건 아니야. 알지?"

"…아무렴 내가 모를까."

영석은 쓸데없는 걱정이라는 듯 손을 내저으며 이재림을 안심시켰다. 어딘지 모르게 조심스러운 태도였던 이재림은 개운한 얼굴로 말을 이었다. 패배로 인해 얻은 것이 많다는 표정이다.

"확실히 세계 톱은 달라. 이제 전성기는 확실히 지났을 텐데도… 잘해. 무지 잘해. 실력적인 걸 떠나서, '이기는 판'을 만들어 나가는 듯한 기분이 들어. 한 포인트, 한 포인트에 집중 안 하는 것도 아닌데, 밀고 당기면서 분위기를 만든다고 할까?"

"……!!"

이재림의 말을 들은 영석은 확연하게 놀랐다.

'저번의 페더러 때도 그러더니…….'

이번 대회에도 참가한 애거시는 여전한 노익장을 과시하며 4강까지 올라온 상태다. 나이를 생각하면, 정말이지 위대한 업적을 쌓아가고 있는 것이다.

한편, 이재림은 확실히 그릇이 큰 선수다. 도량이 넓다는 게 아닌, 선수로서의 가능성이 넓다는 뜻이다. 승패를 떠나 페더러나 애거시의 플레이에서 무언가를 감지한다는 것은, 결코 쉬운 일이 아니니 말이다.

"그러고 보니, 그런 느낌은 너한테서 가장 많이 느꼈었어."

대화의 장을 연 이재림이 영석을 직시하며 말을 했다. 눈빛에는 후회의 조각들이 마구 뭉쳐 부유하고 있었다.

"응?"

"생각해 보니 그래. 페더러도, 로딕도, 애거시도… 그 외에도 쟁쟁한 선수들과 붙어봤지만, 객관적으로는 네가 지금 세계 제일이잖아. 표현에 모순이 있지만, '이기기 제일 힘들다'는 기분은 너한테서 가장 크게 느꼈었어."

확실히, 이겨본 적이 없으니 '이기기 힘들다'는 표현은 어울리지 않지만, 이재림의 말이 뜻하는 바는 어림짐작으로 이해가 되었다. 아마, 단편적으로 공식 몇 개를 외워 고차원의 수학 문제를 풀어내는 듯한 느낌일 것이다.

"그래서?"

영석이 말해보라는 듯 멍석을 깔아주자 머릿속으로 문장을 다듬는 것일까. 이재림이 한참 동안을 침묵한다.

"……"

옆에 있던 진희가 조마조마한 눈빛으로 바라보는 걸 힐끗 보고, 영석의 눈을 똑바로 바라본 이재림이 마침내 입을 열었다.

"나한텐 기회가 있었어. 너라는 대단한 선수와 셀 수 없이 많이 시합했었던… 지나가 버린 기회. 그건 억만금을 줘도 얻기 힘든 경험이지. 실제로, 내가 이렇게 타지에 나와 개고생을 해야 톱 프로들과 공을 섞을 기회가 생기니까."

"……"

잠시 말을 끊은 이재림이 다시 머릿속에서 문장을 다듬는다. 이번에는 시간이 많이 걸리지 않았다.

"지나간 걸 후회해 봤자 나에게 돌아오는 건 없지만… 밥 먹듯이 붙었던 너와의 시합을 잘 먹고 체화했으면 아마도 지금의 난 조금 더 높은 곳에 머물고 있었겠지? 그게 후회가 된다."

"아직 안 늦었다."

솔직하게 자신의 속내를 털어놓는 이재림의 진중한 기색에 조금은 무거워진 공기가 일행의 어깨에 얹힐 때, 최영태가 싹둑 공기를 자르며 말을 뱉었다.

날카로운 한마디로 좌중을 긴장시킨 최영태의 말이 이재림에게로 날아가 또렷하게 맺혔다.

"지나간 걸 후회하기보다 조금 늦더라도, 깨달은 걸 활용할 수 있을 거라는 자신감을 가지는 게 중요해. 그게 네가 말하는 '대단한 선수'들이 본능적으로 활용하는 사고방식이다. 그렇다고 앞으로 있을 영석이와의 연습 시합에서 너무 많은 걸 배우려고 하면 승부에 이입이 되면서 승패의 충격 또한 고스란히 받으니 그 부분을 조심해야 하고."

"…맞아. 재림 선수가 견지해야 할 태도는, '가랑이는 찢어지지 않게, 그러나 너무 몸은 사리지 않게.'야. 냉정하지만, 사람은 다들 속도가 달라. 자신만의 페이스를 찾는 게 가장 중요해."

박정훈도 모처럼 진중하게 최영태를 이어 부연했다.

실로 적절한 조언이어서 그 자리에 있던 모두가 고개를 끄덕이며 가만히 둘의 말을 음미했다.

"그런데 우리 구도가 맨날 이렇지 않아요? 지게 된 나를 위로해 주는……. 빨리 벗어나야겠는걸?"

이재림이 풋풋하게 웃으며 뒷머리를 긁적였다.

"난 네가 우승한 걸 축하해 줬던 게 더 기억에 남는데?"

옆에 있던 진희가 한마디 했다.

분위기를 파악하지 못하는 것 같으면서도, 아주 근본적인 차이에 대한 물음이었다. '패배'를 인식하고 있느냐, '승리'를 기억하고 있느냐의 차이 말이다.

진희에게는 이재림이 클레이 시즌에 폭풍처럼 성장하는 모습이 강하게 뇌리에 남은 것이고, 이재림은 그것을 잊고 지금의 패배에서 느낀 것에 몰두하고 있는 것이다.

누가 옳고 누가 그른지에 대한 답은 없다.

"…역시. 남다르구나, 너희들은."

"남다른 게 아니라, 습관의 차이일 뿐이야. 너도 하나하나 다 뜯어고쳐 가면 돼."

행동 하나, 단어 하나에서도 톱 프로와 자신 사이의 간극을 재단하고 있는 이재림에게 영석이 가만히 훈수를 뒀다.

"…오늘도 제가 여러분께 많은 것을 배웁니다."

이재림이 자리에서 벌떡 일어나 일행들을 향해 고개를 숙여 인사를 했다. 고개를 숙인 이재림의 얼굴이 붉게 상기되어 있었다. 거기엔, 패배의 아쉬움을 밀어낸 승리에의 열망과 야망이 꿈틀대고 있었다.

다른 메이저 대회가 그렇듯, 4강부터의 일정은 조금 여유가
있었다.

"오… 진희 장난 아니네요."

오랜만에 관중석에 앉아 진희의 경기를 관람하고 있는 영석
이 혼잣말처럼 중얼거렸다.

"……."

옆에 앉은 최영태는 아무런 대꾸도 없이 그저 진중한 눈으
로 진희의 모습을 바라볼 뿐이었다. 영석도 대답을 기대하진
않았는지, 별다른 기색 없이 계속해서 진희의 모습을 좇았다.

펑!!

부드러운 탄력이 느껴지는, 아주 유려한 움직임으로 진희가
백핸드를 구사했다.

쉬익— 쿵!

네트를 넘어간 공이 튕기고, 그 주변부에 어느새 흰 살결이
눈에 잡힌다.

불끈 솟아오른 핏줄 주변으로 큼지막한 근육이 꿈틀거린다.
하반신에서부터 끌어올린 힘을 허리에 담아 빠르게 회전시키
며 라켓을 앞으로 뻗어낸다.

쾅!!!

상상을 초월하는 거대한 타구음.

과연 WTA가 맞나 싶을 정도의 파괴력이 짙은 공은, 세레나

의 그것과는 조금 다른 종류의 위협적인 공이었다.

쉬익—

공이 앞으로 쏘아지자, 한 줄로 땋은 금발 머리가 달랑거린다.

킴 클리스터스.

진희와 쥐스틴 애넹, 세레나 윌리엄스까지 포함해 '4강 구도'를 만들고 있는 대단한 선수가 진희의 세미파이널 상대였다.

탓, 타닷! 끼, 끽!

하지만 진희는 담담했다.

거의 두 배는 더 빠르게 되돌아온 공을 바라보는 진희의 눈은 침착하기만 했다. 아니, 오히려 여유가 넘치게 느껴졌다.

쉭—

부드러운 탄력을 살렸던 이전과는 달리, 이번의 움직임은 어딘가 모르게 날카롭고 세련된 느낌을 준다.

퍼엉!!

타점, 타이밍, 구질, 스윙의 궤적… 그 모든 것들이 조금씩 변했고, 그 조금씩 변한 것들이 합쳐지자 굉장히 낯선 느낌이 들었다.

"오늘은 진희가 이겼어."

"……?"

단조롭게 말을 뱉는 최영태의 눈은 예리하게 빛났다.

설명을 바라는 영석의 눈빛을 느꼈을까, 최영태가 술술 설명해 줬다.

"최근 들어서 진희는, 비슷한 상황에서도 같은 스타일로 연속 두 구를 치지 않으려 하는 경향이 있어. 내가 보기엔… 네댓 가지 정도의 유형을 나누어서 그때그때 가장 적절하다고 판단되는 유형으로 공을 쳐. 뭐… 그렇다고 아주 다른 건 아니고, 너도 봤다시피 조금씩 변화를 주는 정도?"

"……."

"그게 여유롭게 이뤄진다면… 그 경기는 이긴 거야. 예외 없이."

"…허."

영석은 나직이 감탄을 내뱉었다.

테니스에 대한 접근 자체가 달랐고, 그 끝에 이르자 영석과 진희는 무척이나 상이한 유형의 선수가 됐다.

툭—

최영태가 등받이에 등을 기대며 영석에게 눈짓했다.

"이제 즐기면 된다."

"…네."

영석도 등을 기대며 코트에 시선을 뒀다.

한 포인트를 따고 팔짝팔짝 뛰는 진희의 모습이 신기하기만 했다.

*   *   *

〈이영석 VS 후안 카를로스 페레로〉

〈안드레 애거시 VS 앤디 로딕〉

4강 대전표가 완성되었다.

기대했던 휴이트나 페더러는 모두 탈락을 하게 되며 2003시즌 메이저 대회 일정을 모두 끝마쳤다. 휴이트는 QF(8강)에서 페레로에게 패배를 당하며 1년 내내 좋은 모습을 보여주지 못했다.

무대를 US오픈으로만 한정한다면, 페더러는 더욱 아쉬운 결과를 남겼다. 4라운드에게 날반디안에게 석패를 당하고 만 것이다. 날반디안은 호주 오픈에서 영석이 대승을 거둔 적이 있는 선수다.

'확실히… 메이저는 메이저야.'

전반적으로 저조한 모습을 보였던 휴이트는 차치하더라도, 바로 얼마 전 윔블던 우승이라는 대업을 이루며 기량이 흘러넘치고 있는 페더러도 4라운드에서는 탈락했다는 것에서, 메이저의 위엄을 느낄 수 있었다.

'다들 마지막인 것처럼……'

4년에 한 번 열리는 올림픽보다, 1년에 네 번이나 열리는 메이저 대회에서 목숨을 걸고 플레이를 펼치는 선수들.

당연히 보여주는 퍼포먼스 또한 차원이 달랐다.

'그리고 난 지금 세 번째 우승을 위해서 여기 서 있는 거고.'

상대는 페레로.

공교롭게도 프랑스 오픈 결승전에서 자웅을 겨뤘던 선수다. 클레이 스페셜리스트로 취급받지만, 실은 모든 코트에서 출중한 모습을 보이는 선수.

그 선수를 이겨내야 애거시와 로딕 둘 중 한 명과 결승전에서 만난다. 영석은 로딕이 다시 한번 결승전으로 올라와 자신 앞에 설 거라는 막연한 기대감을 품었다.

'원래대로라면, 승승장구하면서 US 오픈에서까지 기세를 몰아야 하는데… 과연 어떨까.'

결승이라는 무대에서 번번이 영석을 만나 패배를 거듭하게 된 로딕.

당연히 자존감은 바닥을 기고 있을 거고, 4강이라는 중요한 길목에서 만난 상대는 애거시라는 레전드다.

로딕이 넘어야 할 산은 가짓수는 적지만, 너무나도 거대하고 높았다.

"일단, 너부터……."

영석은 고개를 들고 네트 너머를 바라봤다.

무엇을 기대하는 것일까.

파리하게 굳은 낯빛과는 달리, 페레로의 눈빛은 서늘하기만 했다.

"…어떻게 됐어요?"

맹렬하게 휘돌던 피가 잠잠해지자 물먹은 스펀지처럼 늘어진 영석이 가볍게 샤워를 하고 나와 강춘수에게 가방을 건네며 물었다.

"6 : 3, 5 : 7, 6 : 2, 6 : 4로 로딕이 이겼습니다."

강춘수가 덤덤하게 대답하며 영석의 위아래를 짧게 훑어봤다.

숨길 수 없는 감탄이 시선에 선명하게 묻어난다.

"흠… 결국……."

영석이 차분히 고개를 끄덕이며 숙소로 향하려 하자, 멀리서 진희가 뛰어왔다.

와락―

가타부타 말없이 포옹부터 하고 보는 진희의 전신에서 상큼한 향이 났다. 가볍게 웃은 영석은 그 향을 차분하게 음미하며 진희에게 속삭였다.

"이번에도 동반 결승이네."

"…피, 갖다 붙이기는……."

영석의 품에서 도리질을 친 진희가 살짝 뒤로 물러나더니 빙긋 웃는다. 두 손은 여전히 영석의 허리춤을 잡고 있었다.

"그래도 그렇게 하나하나 말해주는 게 고맙네."

"…뭘."

영석이 피식 웃으며 진희의 머리를 쓰다듬었다. 그 손길을 받아들이는 진희의 표정은 참으로 평온해 보였다.

'몇 년 동안이나 한결같구나.'

신체가 자라고, 생각도 깊어지고 많은 부분에서 영석과 진희는 변모를 보였지만, 단 하나 변하지 않는 것이 있었다. 바로 서로가 서로를 대하는 모습과 생각이다.

"…엊그제 너 대단하다고 말했잖아. 그런데 너 진짜로 대단하구나. 내 상상보다도 더."

멀찍이서 터덜터덜 걸어온 이재림이 불쑥 말을 던졌다.

"그건 재림이 네가 알게 된 것들이 많아졌다는 걸 뜻하는 거지."

그 뒤를 따라온 최영태가 이재림의 등을 툭— 치며 말을 받았다. 이재림이 쑥스럽다는 듯 머리를 긁적였다.

"……"

영석은 정다운 대기로 포근히 감싸인 일행을 보며 따뜻하게 웃음 지었다.

2003년의 마지막 메이저 대회 US 오픈.

이제 남은 것은 결승전뿐이었다.

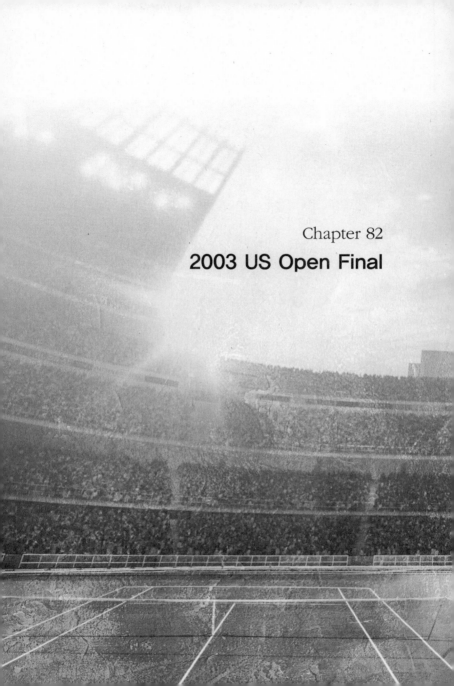

Chapter 82

2003 US Open Final

사람이 환경에 미칠 수 있는 영향은 어느 정도나 될까.

  적어도 결승전이 펼쳐지는 이곳, US 오픈의 센터 코트인 아서 애시 스타디움(Arthur Ashe Stadium)에 들어선 순간, 사람의 힘이 얼마나 대단한 것인지 자연스레 체감하게 된다.

  구오오우웅—

  22,547개의 좌석과 그 외의 사람들까지, 약 2만 3천여 명이 한곳에 군집한 것만으로도 기가 질리게 된다. 가만히 서 있어도 심장이 미친 듯이 펄떡이고, 혈관이 선명하게 느껴질 정도로 뜨거운 피가 쉼 없이 항해를 이어간다. 조금만 정신을 놓고 있어도 앞이 뿌옇게 변하며 몽롱한 기분이 들 정도로 옅은 쾌감이 신경을 자극한다.

마약이 따로 있을까.

코트라는 장소는 이미 영석에게 공기와도 같이 자연스럽고 당연한 느낌을 주었다. 그리고 활력과 쾌감을 이곳에서 얻는다.

이렇게 매몰(埋沒)되다 보면, 코트라는 하나의 거대한 나무에 자신이 나뭇가지로 존재하고 있는 듯한 착각이 들기도 한다.

마치 거대한 이형(異形)의 생명체처럼, 코트 전체가 하나의 박동을 공유하고 있었다.

그리고 약 5만 개에 가까운 동공이 단 두 명의 선수에게로 집중된다.

"……."

어깨를 돌리며 몸을 풀고 있던 영석은 피부 위로 따끔하게 꽂히는 시선들을 온몸으로 만끽하고 있었다.

담력이 워낙 강한 터라, 사람들의 시선을 없는 것으로 치부하고 경기를 하는 것에 능숙했던 영석이지만, 지금에 이르러선 이 긴장된 분위기 자체가 즐거웠다.

'겪고 봐야 알 일이야.'

회귀를 하고 나서 결승이라는 무대는 수도 없이 많이 밟아 봤지만, 메이저 대회의 결승은 이번이 네 번째에 불과했다. 그럼에도 금방 익숙해져서는, 이렇게 사람들의 시선을 만끽하게 될 줄은 영석 자신도 예상치 못한 일이었다.

"……."

영석의 시선이 관중석 한쪽에 있는 일행을 향해 날아들었다.

어느새 '큰 무대에서의 관람'에 익숙해진 것일까.

마치 영석이 너무나 자연스럽게 수만 명의 시선을 즐기듯, 부모님과 진희를 비롯한 일행 모두는 어딘가 모르게 태연하게만 보였다.

"……!"

영석의 시선을 인지했을까.

영석과 시선을 마주친 일행은 천진난만하게 팔을 휘두른다. 표정에는 한 점의 어두움도 존재하지 않았다. 마치 영석이 이길 게 당연하다는 듯 말이다.

'그렇진 않겠지.'

바로 어제 있었던 일을 떠올린 영석이 피식 웃음을 지으며 고개를 살짝 저었다.

*   *   *

"제발제발, 제발제발제발……."

옆에서 들려오는 간절한 중얼거림에 영석의 눈동자가 살짝 돌아간다.

'…아버님, 어머님…….'

진희의 부모님이 코트를 보며 자그맣게 중얼거리는 모습이 보인다. 행여나 이 초조한 모습을 진희에게 보일까, 안면은 팽팽하게 당겨져 미동조차 하지 않았다.

인식하지 못하고 있는지, 자신이 무슨 말을 내뱉고 있는지도 모를 정도로 집중하고 있는 것 같았다.

"……."

US 오픈 여자 결승전.

코트 위에는 진희와 함께 쥐스틴 에냉이 치열하게 움직이며 섬뜩한 안광을 흩뿌리고 있었다.

확실히 2003년은 에냉의 해였다. 어느 대회에서든 최상의 퍼포먼스를 선사하며 명성을 떨친 그녀는, 이번에도 '현 최강자' 진희와 메이저 대회 결승이라는 큰 대회에서 또다시 맞붙게 되었다.

"확실히, 지금 진희가 괜찮아. 스코어도 여유 있고 분위기가 좋아."

"지금부터는 에냉의 기를 살려줄 수 있는 흐름 모두를 잘라야지."

"중요한 건, 실수를 줄여야 한다는 거야. 조금의 틈이라도 보이면 바로 잡아먹힐 수도 있어."

"백핸드를 의식하는 건 좋은데, 너무 피한다는 인식을 주면 안 돼."

"맞아. 일단 상대가 장점을 발휘하게끔 여지를 주고 여봐란 듯 받아내서 기를 죽이는 것도 좋아."

"발리는 어때?"

"지금의 에냉에겐 좀 위험하지. 출구가 없었는데, 틈이 보였다가는 저 엄청난 집중력이 해방될 수도 있어. 오히려 역으로 에냉을 네트로 끌어내고 진희가 패싱하는 것도 좋은 방법일 것 같아."

반면, 아마추어 선수로서는 엄청난 수준에 도달한 이현우, 한민지, 최영애는 두런두런 나지막한 목소리로 빠르게 의견을 주고받으며 경기를 지켜보고 있었다. 얼마나 빠르게 말을 뱉는지, 마치 랩을 하는 것 같았다.

'흠……'

세 명의 의견이 그럴듯하다고 느낀 영석이 고개를 작게 끄덕였다. 여전히 시선은 코트에 붙박아놓은 상태다.

'나만 이상한 건가… 이건 무조건 진희가 이긴다. 하늘이 두 쪽 나도.'

끽, 끽…….

두두두두…….

펑!! 쾅!!

적막 위로 내려진 소리들이 서서히 관중들의 호흡과 정신을 빼앗아가며 엄청난 긴장감을 조성하고 있었지만, 이상하게도 영석은 여유로움을 품고 있었다.

오히려 이 대결 구도 자체를 음미하는 영석의 눈에는 평온함이 자리하고 있었다.

'쟤넨 도대체 몇 번을 붙는 걸까.'

김진희 VS 쥐스틴 에냉
김진희 VS 킴 클리스터스
김진희 VS 세레나 윌리엄스

WTA는 위와 같은 기형적인 라이벌 구도를 보이며 모니카 '셀레스 VS 슈테피 그라프' 라이벌 구도 이래로 최고의 인기를 구가하고 있었다.

 가장 앞서고 있는 것은 누가 뭐라고 해도 세레나 윌리엄스였지만, 영석과 진희가 돌풍을 일으키고 있는 2003년의 자타공인 원톱은 진희였다.

 자연스럽게 1 대 3 구도의 라이벌 구도가 그려진 것 또한 참가하는 족족 결승전까지 진출하고야 마는 진희의 엄청난 행보 덕분이다. 때문에 진희는, 동서양을 막론한, 그야말로 전 세계적인 관심을 불러일으키고 있었다.

 '나랑은 다르니…….'

 남자 선수인 데다, 조금은 차갑게 보이는 인상인 영석은 대중에게 친화적인 이미지는 아니었다. 하지만 진희는 달랐다. 늘씬한 체형과 투명하다고 생각될 정도로 맑은 느낌, 상쾌한 웃음과 천진함… 그야말로 사랑받을 수 있는 모든 조건을 충족한 진희는 범지구적인 인기를 구가하며, 종목을 불문하고 최고의 인기 스타로 여겨지고 있었다. 단순히 유명세로 따지자면, 현재 모든 스포츠인들 중 가장 뜨거운 게 진희였다.

 "거기다가 최고로 예쁘지."

 자신도 모르게 입 밖으로 나온 말.

 흠칫한 영석이 민망한 듯, 좌우를 살펴본다.

 "풋."

 아니나 다를까.

양옆에서 웃음이 삐죽 들려온다.

"이놈이 누굴 닮아 이리 팔불출일꼬……."

이현우가 한숨을 쉬며 말하자, 한민지가 그런 이현우를 가소롭다는 듯 바라본다.

"하는 말이 당신하고 똑같구먼 뭐. 진희 엄마, 긴장될 때 이런 소리 해서 죄송해요……."

"아니에요, 어머……!"

한민지의 말에 손사래를 치려 손을 든 진희의 모친이 자신의 손바닥을 보고는 깜짝 놀란다.

"세상에……."

얼마나 주먹을 꽉 쥐었을까.

큰 상처는 아니었지만, 손톱으로 인해 생긴 작은 상처에 피가 송골송골 맺혀 있었다.

최영애가 조심스럽게 몸을 일으켜 재빠르게 다가와 손수건으로 꾹 누르고는 진정시켰다.

"아이고, 내가 주책이야, 주책……."

진희의 모친은 남은 한 손으로 얼굴을 가리며 부끄러워했다. 여전히 고통을 못 느끼는 기색이라 일행 모두가 숙연해지려는 찰나…….

퍼엉!!!

우와아아아!!

진희의 위닝샷이 제대로 터치며 관중들의 함성 폭탄이 터졌다.

"…봤죠? 오늘 진희 너무 좋아요. 힘들겠지만 차분하게 봐요. 그렇게 긴장하시다가 쓰러지시겠어요."

영석이 붉게 물든 낯을 하며 괜히 큰소리를 쳤다.

6 : 3, 4 : 6, 6 : 2.

두 사람의 기량을 생각해 보면 조금 싱거운 스코어였지만, '메이저 우승'이라는 거대한 명제 앞에서는 점수 따윈 사소했다.

"이렇게 우승하게 되어 정말 기쁩니다. 오늘은 호명하는 이름의 순서를 바꿔야겠군요. 전 오늘 제 친구이자 라이벌인 에냉 선수와 결승에서 만나 너무나 흥분됐었습니다. 최고의 선수와 맞붙게 되는 무대가 결승전이라는 것에 더욱더 기뻤고요. 오늘의 결과는 저의 승리였지만, 언제든 우리 둘의 대결은 결과를 달리 할 수 있습니다. 최고의 선수, 최고의 무대… 오늘은 정말이지 행복한 날입니다. 다음으로……."

진희는 보무도 당당하게 US Open 우승컵을 들어 올렸다. 2003년 시즌에만 벌써 두 번째로 들어 올리는 메이저 우승컵이 반짝이는 진희의 미소와 더없이 잘 어울렸다.

조금 다르게 들으면 기분이 나쁠 수도 있는 인터뷰였지만, 에냉은 고개를 끄덕이며 빙긋 웃었다. 아쉬움은 있지만, 후회는 없는 후련한 표정이다.

"어때요? 따님이 우승했는데."

한민지가 장난스러운 표정으로 눈물을 그렁거리며 하염없이 박수를 치고 있는 진희의 부모님을 살짝 끌어안으며 물었다.

두 사람은 우느라 대답하지 못했다.

"…대견하죠, 대견해……."

"……."

어느새 다가온 이현우가 한민지와 마찬가지로 진희의 부모님을 덥석 안았다. 끊임없이 대견하다는 말을 하며.

"짠!"

우승 후에 치러진 기자회견, 한국 언론과의 인터뷰 등… 엄청난 스케줄을 감당하고 돌아온 진희는 전혀 피곤한 기색 없이 영석에게 다가와 브이 자를 그리며 천진하게 웃었다.

"역시, 난 1세트부터 네가 이길 줄 알았어."

발랄하게 웃는 진희를 본 영석이 그녀에게 다가가 번쩍 안아 들었다.

180㎝를 웃돌고, 70㎏에 육박하는 진희였지만, 영석은 마치 공깃돌을 들 듯 거뜬하게 들어 올렸다.

"꺄아아아— 하하하!"

진희가 허공에서 아기처럼 즐거워했다.

"재밌어? 어? 재밌어?"

그런 진희의 모습에 영석도 잠시 정신이 나갔는지, 이상한 소리를 하며 진희를 붕붕 돌려댔다.

"하하하하… 조금 아파."

진희의 말에 아차 싶었는지, 금세 놀이(?)를 그만둔 영석이 괜히 헛기침을 했다.

진희는 그런 영석을 능글맞게 바라보더니 덥석 안았다.

"…오늘도 충전이야?"

피식 웃은 영석이 물었다.

"아니, 오늘은 내 기운을 주는 거야. 가라가라가라가라가라,
우승 기운 가라!"

진희가 고개를 저으며 자신만의 주문을 외우기 시작했다.

"……."

자신의 품에서 꼼지락대는 진희를 내려다보는 영석의 입가
에 가벼운 미소가 걸려 있었다.

*   *   *

'어찌 지켜보는 이들이 긴장하지 않을 수 있을까.'

잠시 일행과 눈을 마주하며 바로 전날을 떠올린 영석에게서
마치 훈풍이 불어 나오는 듯했다.

그리고…….

'어디, 오늘의 너는 어떨까.'

뚝—

훈풍이 온데간데없이 사라지며, 정적(靜寂)의 시간이 찾아왔다.

단숨에 집중력을 끌어올린 영석은 한차례 눈을 감고 폐 속
에 자리하던 따뜻한 공기를 밀어냈다.

"……."

옮아간 시선.

네트 너머에서 마찬가지로 몸을 풀고 있는 로딕에게 시선을 던진 영석은 마치 해부대 위의 시체를 보듯, 냉엄하고 비인간적인 느낌의 눈빛을 하고 있었다. 소름이 돋을 정도의 극단적인 심경의 변화가 대기를 꽁꽁 얼어붙게 만든다.

"푸……."

그에 대응하여 로딕은 연신 거칠게 큰 숨을 내뱉고 있었다.

적당히 하얗게 질린 얼굴, 부르튼 입술… 그러나 형형하게 빛나는 눈은, 맹수의 그것과 다름이 없었다. 그것도 궁지에 몰린 맹수의 눈빛 말이다.

'이 느낌은……'

끝 간 데 없이 날카로워 툭— 치기만 해도 부러질 것 같이 위태로웠지만, 품고 있는 예기(鋭氣)는 마치 살기(殺氣)처럼 한없이 섬뜩했다.

영석은 이런 느낌을 바로 얼마 전에 겪었었다.

"페더러."

흰 모자를 눌러쓴, 장골(壯骨)의 로딕 위로, 페더러의 흐릿한 잔영이 남아 있는 듯했다.

말을 뱉음으로써 기시감을 재확인한 영석은 입술 끝을 비틀어 올려 차갑게 웃었다.

'난 똑같은 결과를 원하지 않아.'

패배함으로써 배운다.

어딘가의 격언(格言)은 일리가 있었다. 하지만 그 격언은 패배의 괴로움까지 포용하진 못했다. 최소한 영석에게는 말이다.

"내가 원하지 않으면, 난 지지 않을 거고."

영석의 주위로 오연한 패기가 넘실거린다.

떠오르는 신성이 아닌, 새로운 황제가 내뿜는 패기는, 마치 철석(鐵石)처럼 단단하고 아뜩했다.

*   *   *

콰앙!!

개전(開戰)을 알리는 영석의 서브가 터졌다.

'오늘만큼은 재볼 필요가 없지.'

이 한 달 내내 로딕과 결승이라는 무대에서 시합을 했기 때문에, 눈치 싸움은 생략하기로 한 영석이 머릿속으로 전략을 빠르게 수립하고는, 그 전략을 수행하기 위한 첨병(尖兵)이 될 서브를 과감하게 내질렀다. 코스는 어김없이 와이드.

라인 위를 아슬아슬하게 타고 놀 코스를 머릿속에 떠올린 영석의 몸이 마치 프로그래밍된 기계처럼 정밀하게 움직인다.

쿵!

끽!

서브가 무사히 네트를 넘어가고… 아니, 자신의 라켓이 끝까지 휘둘러진 것을 확인하자마자 영석은 볼 것도 없다는 듯 몸을 앞으로 던졌다.

첫 번째 전략은, '첫 포인트에서의 서브 & 발리'였다.

완벽한 서브에 이어 재빠른 움직임으로 빠르게 포인트를 가져가 주도권을 쥐려는 속셈이었다.

둘 다 서브에 일가견이 있고, 자연스럽게 발리에도 정통한 특성을 가지니 서로의 장점에서 잠시나마 우위를 가져가는 것은 꽤나 중요한 일이다.

끽, 탓, 타다다닷!

화려한 발놀림에 맞춰, 흘러나오는 소리까지도 경쾌하기 이를 데 없는 영석의 움직임을 모두가 넋을 잃고 보고 있는 그때……

끽! 펑!!!!!

로딕의 반응이 심상찮았다.

단숨에 공이 도달할 위치를 파악한 로딕이 재빠르게 크게 발을 딛고는 라켓을 갖다 댄다. 필요한 것은 라켓을 휘두르는 것이 아닌, 폭탄과도 같은 위력을 품고 있는 강한 공에 라켓이 밀리지 않게 그립을 강하게 움켜쥐는 것뿐.

쉬익—

그리고 그런 로딕의 리턴은, 꽤나 완벽하게 맞아들어 갔다.

광속 서브에 이은 빠른 리턴으로 인해 공이 눈 깜짝할 새 다시 넘어온다.

'호오……'

240km/h의 서브가 완벽하게 노린 곳으로 들어갔음에도, 로딕의 빠릿한 반응에 놀란 영석이 내심 감탄을 터뜨린다.

리턴으로 보낸 공의 코스 또한 예사롭지 않았다. 영석의 위치를 기준으로, 왼쪽으로 쭉 뻗어오는 공은 아름다운 직선을 그리고 있었다.

영석이 반응하지 못한다면, 완벽한 패싱샷이 될 리턴.

영석이 발리를 준비하여 네트로 나올 것을 처음부터 계산하지 않고서야 이런 공을 보낼 수 있을 리 없다. 로딕 나름대로 영석의 선택을 미리 예상한 것이다.

"훅!"

그러나 영석은, 거구를 깃털처럼 놀리는 데는 도가 튼 선수다. 발군의 운동신경과 센스가 유감없이 발휘된다.

거대한 양의 숨을 짧게 뱉어냄과 동시에 급격하게 몸을 멈춘다. 앞으로 쏟아지고 있던 몸이 순식간에 멈추더니 가볍게 공중에 뜬다. 꾸득— 뿌득거리며 관절을 보호하고 있는 얇디얇은 근육들이 부드럽게 움직이며 관절에 걸리는 부하를 최소화한다.

휘익—

관성에 거스르지 않은 영석은 공중에서 미리 다리를 찢고 있었다. 발이 코트에 닿고 나서 움직이면 늦는다는 판단이었다.

끼이이익—

이윽고, 엄청난 소음과 함께 영석이 다리가 코트의 아웃 라인까지 점하게 됐다. 완전히 주저앉은 상태의 영석은 유연하게 허리를 놀려 왼손으로 잡은 라켓을 옆으로 쭉 뻗는다. 급박한 상황임에도, 참으로 침착한 대응이었다. 마치 영석의 주변만 평온한 것 같을 정도다.

쉬익—

마침내 공이 예상 지점에 도달했다.

로딕이 패싱샷을 노렸기 때문에 공은 바닥을 찍지 않고 쭉 날아오고 있었다.

'…훌륭하군.'

남다른 영석의 시력은 공이 품고 있는 회전의 양을 계산하게끔 도왔고, 영석은 그 공의 종착지점을 유추할 수 있었다.

'베이스라인을 스치겠어.'

하지만 그건 어디까지나 영석이 반응하지 못했을 때의 얘기다.

손목을 바로 세운 영석이 마치 공을 긁어내듯 위에서 아래로 비스듬히 내리쳤다.

퉁!

소위 '공이 깎인 소리'가 흘러나온다.

둔탁한 타구음과 함께 공이 매가리 없이 흐물흐물거리며 넘어갔다. 엄청난 역회전으로 인해 느리게 부유하는 것처럼 보이는 것이다.

완벽한 드롭 발리.

"…후."

만에 하나의 가능성을 염두에 둔 영석이 공이 성공적으로 넘어감을 느끼고는 손을 땅에 짚지 않고 하반신의 탄력을 이용해서 몸을 재빠르게 일으켜 세웠다. 그 하나의 동작만 봐도 얼마나 영석의 컨디션이 좋은지 알 수 있을 정도.

"……!"

그리고 영석은 약간 느슨하게 늘어져 있던 고삐를 바짝 조였다.

타다다다다!!!

투우처럼 네트를 향해 돌진하고 있는 로딕을 보고 놀란 것이다.

인간의 신체가 아무리 발달한다 한들, 절대로 닿을 수 없는 공이었음에도 로딕은 우직하게 달렸다.

이 상황에서 무엇을 믿는 것일까. 눈에서 파란 정광이 줄기줄기 흘러나온다.

홍—

달려오던 로딕은 앞으로 슬라이딩하듯 몸을 날림과 동시에 오른쪽 팔을 앞으로 쭉 뻗었다.

모자란 리치를 어떻게든 만회해 보겠다는 심산이다.

"……!"

조금은 놀란 영석은 흔들리는 동공을 바로 잡고 라켓과 공이 맞닿을 지점을 미리부터 계산해 냈다.

휘익—

곧게 뻗어온 라켓은 공이 두 번째 바운드가 되기 바로 직전에 그 밑을 점하는 데 성공했다.

그리고…….

퉁!

공은 로딕의 라켓 면에 맞고 둥실 떠올랐다.

'어림없지.'

펑!!

콧방귀를 낀 영석은 로딕의 아름다운 투혼에는 별 관심이 없다는 듯 비실거리며 넘어온 공을 강하게 저 멀리로 후려쳤다. 그 와중에도 영석이 보인 드라이브 발리는 유려하면서도 강인한 특유의 느낌이 잘 묻어났다.

"……."

"……."

네트를 사이에 두고 두 선수는 아주 잠시 동안 서로의 눈을 마주봤다.

마주보면 눈이 멀어버릴 것 같은 빛을 쏘아내는 로딕의 안광을 덤덤하고 무감정하게 받아들이는 영석의 모습이 이질적이다.

스윽—

이윽고 로딕이 몸을 일으켰다.

—우와아아아아!!

그 순간, 함성과 박수가 뜨겁게 쏟아졌다.

'시작'이라는 단어의 의미 그대로, 이제 겨우 1세트의 첫 게임, 첫 포인트일 뿐이었음에도 불구하고 두 선수는 신들린 플레이로 불에 기름을 부었다. 그리고 그 결과로, 관중들은 광란과도 같은 반응을 보이게 됐다.

'너나 나나 이게 1세트가 아닌 거지.'

몸을 일으켜 베이스라인으로 걸어가고 있는 로딕의 등을 차갑게 노려본 영석도 몸을 돌렸다.

그 단호한 모습에서 두 선수 사이에 흐르는 어떤 승부욕과 열정 같은 것이 느껴졌을까.

위잉—

두 선수의 모습을 영상으로 담아내고 있는 사람들의 몸놀림
이 바쁘게만 보였다.

                *   *   *

5세트라는 길고긴 여정을 생각하면 미치는 영향력이 미약하
기 그지없는 1세트 첫 번째 게임.

몸을 날린 허슬 플레이를 선보인 로딕의 저항을 가볍게 지르
밟은 영석은 그대로 기세를 이어나갔다.

쾅!!!

하나는 에이스.

쾅!!

펑! 촤륵—

하나는 로딕의 리턴이 네트에 걸렸다.

'반응이 빠르군……'

한 포인트를 손쉽게 얻었지만, 얼마 전의 모습과는 전혀 다
른 반응 속도를 보이고 있는 로딕의 움직임에 영석의 미간이
살포시 찌푸려졌다. 코스가 어중간하고 빠르기만 한 서브였
면 그럴 수도 있다고 치부할 수도 있지만, 로딕은 지금 서브 에
이스가 될 공들에 어떻게든 반응하고 있는 것이다.

'집중력의 순도가 높아. 100%이상이군.'

더 빨리 뛰거나, 더 강한 공을 치거나 하는 것들은 선수의
컨디션에 따라 어느 정도는 가능한 일이다. 그러나 그 감각을

넘어선, 반사 신경 같은 초감각적인 일에까지 이렇게 놀라운 성장세를 보이는 것은 분명히 상식을 벗어난 일이다.

이것이 뜻하는 것은 단 하나. 지금의 로딕은 인간이 자연스럽게 제어하고 있는 몸의 기능을 알게 모르게 열어젖힌 것이다.

"……."

살짝 고개를 들어 로딕의 눈을 본 영석은 엄습해 오는 오한에 잠시 몸을 빼앗겼다.

그의 동공은 어딘지 모르게 먼 곳을 보고 있는 것 같으면서도 또렷한 빛을 보이고 있었다. 그리고… 영석이 바라보는 3~5초 동안, 로딕은 눈 한 번 깜빡이지 않았다. 영석이 바닥에 튕기고 있는 공을 따라 동공이 위아래로 술렁일 뿐.

"후……."

한숨으로 오한을 밀어낸 영석이 침착하게 공을 토스했다.

마음에 안정만 있다면, 신체는 늘 닦아 놓은 길을 그대로 걸어간다. 아주 사소한 오차도 없이.

휘릭― 콰앙!!!

이어진 타구음은 여전히 폭력적이었다.

쉭! 쿵!

공간을 접어 일(―) 자로 꿰뚫은 듯한 속력, 포탄이 총알처럼 날아오는 것 같은 두려움.

자신도 강 서버이지만, 로딕은 영석의 이번 서브만큼은 감히 경시할 수 없었다.

움찔― 몸을 떨 시간도 없이 공이 자신의 몸으로 짓쳐들어왔기 때문이다.

퉁—

좌우로 어디든 튀어나갈 수 있게 잔뜩 신경을 곤두세우고 있던 로딕은 주춤거리는 몸과 상관없이, 신기에 가까운 팔놀림으로 공에 라켓을 대었다.

끽, 타, 타, 탓!

쾅!

그리고 영석은, 거대한 걸음으로 다가와 차분한 동작으로 깔끔하게 그 공을 처리했다.

예전에도 그랬고 늘 그랬으며, 지금 역시도 그렇지만… 영석은 로딕과 대전을 하면 늘 다른 선수들을 상대할 때와는 다른, 어떤 '집착' 같은 것이 발동하고 만다. 아마도 첫 패배의 상대가 로딕이기 때문일 것이다.

생각보다 집요한 걸까, 그도 아니면 충격이 컸던 것일까.

여러 가지 의미를 품고 있는 상흔(傷痕)은 마치 방심하지 말라는 듯 영석의 마음을 쉬지 않고 따갑게 자극한다.

반면, 로딕에게도 영석은 거대한 암초였다. 중요한 길목에서 늘 좌절하게 만든 게 영석이기 때문이다. 오히려 상흔은 로딕에게 더욱 많았다. 특히 최근 들어서는 더더욱.

딱지가 앉기도 전에 벌어지고 찢겨져 출혈이 이어지고 있는, 그래서 독기가 뿜어져 나오는 로딕의 시선은 지금에 와선 승부욕의 차원을 넘어서 있었다.

4 : 4.

5세트 경기에서의 1세트 경기가 4 : 4까지 흐르며 숨 가쁜 호흡을 이어오고 있었다.

"후……."

몰아내는 한숨에서 집중력의 흔적이 묻어난다.

아주 약간의 정신적인 피로. 1세트라는 걸 생각하면 조금 과도한 양의 피로다.

'또 시작이구나.'

확— 자신의 몸을 불사르는 선수를 상대하다 보면, 그 넘쳐흐르는 기에 대항해야 한다. 아무리 영석이 기계처럼 몸을 움직이는 데 능하지만, 피륙으로 이루어진 사람인 이상, 무형의 기운에 정신과 몸의 기능이 영향을 받는다.

이처럼 타오르는 기세에 대처하는 방법은 두 가지다.

하나는 같이 야성(野性)을 터뜨리는 것.

이 방법은 영석이 어렸을 때, 정확히 말하면 도전자의 입장이었을 때 사핀과 애거시 등을 상대하며 선택한 것이다. 평균적인 기량에서 명백한 우위를 점하기 힘들 때, 이러한 선택은 꽤 도움이 된다.

남은 하나는 묵묵히 자신의 페이스를 유지하는 것.

클레이 시즌에 접어들고, 몸이 더욱 성장하면서 경기를 길게 보고 합리적으로 판단을 해야 될 필요성이 부각되며 영석이 선택한 방법이다.

'뭘 하나만 선택하면 안 되지. 둘을 섞어야 하는데……'

경기 양상은 빠르고 격렬했다.

스스로가 강 서버임과 동시에 리턴에서도 최상의 능력을 보유한 영석은, 침착한 느낌으로 리턴을 하며 타이밍을 쟀다.

4 : 4라면 한 번은 국면에 변화를 주고 분위기를 휘어잡을 수 있는 선택이 필요했다.

툭, 툭, 툭, 툭, 툭…….

이제는 모두가 숨 쉬듯 자연스럽게 받아들이는 영석의 예비 동작. 공이 다섯 번 튕기는 그 동작을 모두가 숨죽이고 바라본다.

'…좋아.'

자신의 동작에 따라 모두가 긴장 섞인 침묵을 두르고 있자, 영석은 흥이 났다. 아니, 아직 덜 여물은 흥을 끌어냈다.

휘리리릭—

땀에 젖어 온몸에 착 달라붙어 있던 상의가 토스를 하고 라켓을 휘두르는 격한 동작 속에 마치 깃발처럼 펄럭였다.

콰앙!!

모종의 결심을 한 영석의 서브가 폭탄이 터지듯 화려하게 불을 피웠다.

＊　　　　　＊　　　　　＊

쎄에에엑—

공기를 찢어발기며 나아가는 서브는 강맹했고, 폭력적이었다.

퉁!!

그러나 로딕은 침착한 표정으로 껑충 좌측으로 뛰고는 두 팔을 쭉 펴 라켓을 갖다 대었다.

팔을 휘두를 여유는 없지만, 일단 반응 자체는 가능하다는 것을 유세하듯 무던하게 리턴을 해내는 모습에서, 영석의 서브에 지지 않겠다는 각오가 느껴졌다.

'일단, 지금까지는 잘하고 있다고 스스로를 다독이고 있겠지.'

휙—

코스는 스트레이트.

서버의 빈 공간을 노리기 때문에, 리턴을 할 때 가장 효과적인 코스다.

강력한 플랫 서브는 반작용으로 돌아오는 속도 또한 빠를 가능성이 크기 때문에 더더욱 유효한 코스라 할 수 있었다.

그래서 리턴을 잘하는 선수에게 광속 서브는, 반드시 유리한 것만은 아닌 경우가 꽤 자주 연출되곤 한다.

끽, 끼긱!

타다다닷!

영석이 재빠르게 오픈 스페이스를 향해 뛰어간다.

로딕의 침착함을 웃도는 차분함이 영석의 격한 움직임조차 안정적으로 보이게끔 만들었다.

그리고 실제로도 영석은 여유가 있었다.

'보자……'

한참 열을 올리고 있는 로딕을 상대로, 자신도 한 번쯤은 활화산이 되어야 할 때가 다가온 것을 직감한 영석은 아주 원초적인 테니스를 보여주기로 마음먹었다.

그것은 바로 머리가 아닌, 몸을 믿는 테니스다.

쾅!!!

횡—

강력한 포핸드가 터진다. 어찌나 스윙이 빨랐는지, 라켓이 공기를 가르는 소리가 타구음에 뒤따라 들릴 정도였다.

스핀을 죽이고 잔뜩 눌러 친 공이 향하는 곳은, 베이스라인 센터마크를 향하고 있었다.

"……?"

선수(善手)란 무엇인가.

어떤 분야에 있어 아주 뛰어난 사람을 지칭하는 말이다.

그런 의미에서 로딕은 조금 놀란 기색을 보였다.

전략적인 의도가 하나도 깔리지 않은, 영석의 샷이 그야말로 '낭비'에 가까운 행동처럼 여겨진 것이다.

비슷한 기량에서의 대전, 한 구, 한 구 헛되이 치는 법이 없는 톱의 세계에선, 이처럼 각 구마다 깔린 의도를 능히 짐작할 수 있었다.

끽, 끽!

쾅!

단 두 번의 사이드 스텝과 몸통의 엄청난 회전으로 힘을 끌어모은 로딕의 포핸드가 얕은 각도의 크로스로 짓쳐든다.

듀스 코트.

영석에게는 백핸드의 코스다.

끼긱!! 탓, 탓!

다다다다!

어차피 들어올 코스는 크로스라고 내심 짐작했던 영석은 한 발로 스플릿 스텝을 펼쳐 최대한으로 시간을 벌고 빠르게 사이드 스텝을 펼쳐 공을 향해 다가가고는 속도를 줄이며 스텝을 밟아갔다.

머릿속으로 빠르게 계산이 선다.

'내가 슬라이스로 깊게 크로스로 보내면, 로딕이 쫓아가서 톱스핀 먹인 포핸드 스트로크를 보낸다. 아마 코스는… 높은 확률로 크로스겠지. 보다 확실히 하려면 나는 훼이크 동작으로 크로스로 보내게끔 유도한다. 여기서 내 첫 번째 공격권이 돌아오겠지?'

간단해 보이는 생각이었지만, 몸을 움직이고 있는 자신과 상대의 몸짓 하나하나를 단 하나도 놓치지 않는 영석이기에 가능한, '설득력 있는 상상력'이었다.

'하지만 이번엔 다르게 가야지!'

공에 근접해 이제 라켓을 위에서 아래로 긁듯 내려치는 일만 남은 것 같았던 영석의 모습이 급격하게, 아주 빠르게 움직인다.

끼익!

훅—

한 템포 속도를 줄여 잔발 스텝을 밟아가던 다리에 갑자기 폭발적인 힘을 싣는다.

뿌득—

허벅지와 종아리에서 근육이 꿈틀꿈틀 활어처럼 몸부림을 치는 것만 같은 기분을 그대로 살린 영석이 허공에 몸을 둥실 띄운다.

그러고는 재빠르게 공중에서 허리를 비틀었다가 풀어내며 라켓을 휘두른다.

여기까지 걸린 시간은 단 1.3초.

콰앙!

끽, 끼기기긱!

바닥에 착지한 영석은 과도하게 한쪽으로 쏠린 무게 중심을 다시금 중점(中點)으로 모으기 위해 오른발로 끊임없이 코트를 긁어댔다.

금방이라도 우측으로 고꾸라질 것 같은, 아슬아슬한 곡예가 아주 잠시 동안 이어진다.

뚝.

그리고 몸을 멈춘 영석은 씨익 웃었다.

스트레이트로 날아간 공이 구석에 꽂히며 로딕이 반응하지 못한 것을 확인했기 때문이다.

'좋아.'

러닝 백핸드, 그것도 투핸드 백핸드로 러닝 백핸드를 펼치는 것은 테니스 플레이 중 가장 어려운 플레이 중 하나로 꼽힌다. 거기에 영석은 장기인 잭나이프까지 섞어 쓴 것이니, 인간이 보유할 수 있는 신체 능력의 극한을 보인 셈이다.

"……."

얼마나 놀랐는지 상대하는 로딕도, 애써 담담한 척하는 심판도, 그리고 관중들도 1, 2초 동안 고요함을 보였다.

그리고…….

─우와아아아아!!!

짜자자자자작!!!!!

다시 한번 환호가, 이번에는 오롯이 영석에게 집중되는 광란이 시작되었다.

한 포인트로 인해, 분명히 기세는 영석에게로 넘어왔다.

하지만 그 기세의 뒷머리를 잡고 놓아주지 않는 이가 있으니, 바로 로딕이었다.

게임 스코어 5 : 4.

자신의 서브 게임에서 보인 이견의 여지없는 역대급 슈퍼 플레이. 영석이 자신의 서브 게임을 그대로 킵한 건 어찌 보면 당연한 일이었다.

이제 로딕의 서브 게임.

이 게임을 킵하냐 브레이크하냐에 1세트의 명운이 갈린다.

'나는 틀림없이 브레이크할 거고.'

퉁, 퉁…….

손목을 편 상태로 라켓을 쥐고, 그대로 라켓을 누인 상태에서 자신의 어깨 높이만큼 팔을 들고 있는, 로딕 특유의 준비 자세가 펼쳐진다.

획—

높은 토스가 이어지고, 마치 큰 스프링처럼 어깨를 타고 들어온 힘이 팔꿈치에서 꿈틀거리며 탄력을 받는다. 괴이한 각도로 휘어버리고 마는 로딕의 팔꿈치는 언제나 영석에게 낯선 느낌을 준다.

쾅!!!

귓가가 저릿저릿할 정도의 소리와 함께 공이 사라지듯 빠르게 전진해 온다.

탄력이 넘쳐흐르도록 충만해서 비슷한 속도인 영석의 서브와 비교해 봐도 더더욱 빠르게 보인다. 영석의 특별한 시력으로도 아뜩함을 느낄 만큼 쇄도하는 공은 빠르기만 하다.

코스는 와이드.

영석의 우측이라 영석은 투핸드 백핸드로 대응해야 한다.

'…중집중집중집중……'

갖다 대는 것만으로도 훌륭한 대처라고 평가할 수 있는 로딕의 서브.

그러나 영석은 지금 이 순간, 기세를 올리고 있는 자신의 몸에 주문을 건다.

스—

팔을 조금이나마 뒤로 당긴다. 10~15㎝정도에 불과한 테이크 백이다.

그것만으로도 허리가 꼬이며 근육이 팽팽하게 당겨진다.

힘보다는 정확도가 미덕으로 평가받는 리턴이었지만, 허리
부터 시작된 근육의 긴장은 등허리를 타고 올라가 어깨는 타고
내려온다.

"…집중집중… 집!"

쎄엑—

쾅!

눈에 섬광이 자리하고, 이윽고 입으로 삐죽 나오고 만 최면
의 흔적을 타고 영석의 스윙이 섬뜩하게 뻗쳤다.

쉬익—

코스는 스트레이트. 로딕에게는 오픈 스페이스에 해당하는
애드 코트로 공이 쭉 뻗어나간다.

실로 어마어마한 리턴.

그것에 반응하는 것은 불가능하게만 보였다.

쿵!

완벽한 리턴 에이스.

"컴온!"

잔뜩 흥이 난 영석이 제자리에서 펄쩍 뛰며 로딕을 향해 으
르렁거렸다.

*　　　　　*　　　　　*

3세트가 끝이 나고 4세트를 준비하기 위한 잠시의 휴식 시
간이 찾아왔다.

털썩—

벤치에 요란하게 앉은 영석이 구시렁대기 시작한다.

"거기서 집중도 못 하고 난 정말 왜 나아지는 것이 없을까. 쉽게 갈 수 있는 걸 꼭 이렇게 고생해야겠어? 이러다가 기세를 내주겠어. 왜? 아주 4세트도 내주고 2 대 2까지 끌고 가서 아슬아슬함을 연출해 보시지그래? 아, 정말이지 너무나 짜증 나는군."

속사포처럼 말을 쏟아낸 영석이 앉자마자 허리를 좌우로 돌리며 스트레칭을 하더니 신발을 벗어서 연신 발가락을 조물딱거렸다.

"후우……."

섬세한 손놀림에 조금은 뭉쳐 있던 근육이 사르르 풀리자, 예민을 떨던 마음의 결이 어느새 두텁게 변하며 침착함이 찾아온다. 그리고 들끓던 화가 어느새 가라앉는다.

계속해서 한 줄기의 감정선을 갖고 있었는지 의문이 들 정도의 빠른 전환이 이루어진 자신이 웃겼는지, 영석이 이번엔 피식 웃는다.

'내 실책이든 뭐든 간에 로딕이 이번 세트를 계기로 머리를 들면 안 돼. 철저하게 짓누르고 밟아야 해. 할 수 있을까?'

영석이 두터운 한숨을 내쉬며 1, 2, 3세트의 양상을 가볍게 복기하기 시작했다.

5 : 4로 앞서나간 상태에서 로딕의 서브 게임을 맞이한 영석은 연이어 두 번의 슈퍼 리턴을 선보였다.

그렇게 만들어낸 스코어, 러브 서티(0 : 30).

좌륵—

좌륵—

긴장되는 세 번째 포인트에서 로딕이 이번 결승 첫 번째 더블폴트를 범했다.

세컨드 서브에서도 플랫 서브를 선택하며 과감하게 허를 찌르려 했지만, 실패하고 만 것이다.

퍽!

여기서 로딕은 라켓을 땅으로 집어던졌다.

말이 던진 것이지, 그냥 아래로 툭— 놓은 것처럼 보이는, 소심한(?) 분풀이였다.

그리고 이어진 네 번째 포인트.

쾅!!

굉장히 짧게 떨어진 와이드 코스로의 서브가 터졌다. 영석이 어떻게 손쓸 도리도 없이 한 번 바운드되고는 무심하게 뒤로 흘렀다.

—짝짝짝…….

박수와 함께 환호가 로딕에게 쏟아졌다.

드디어 이번 결승, 양 선수를 통틀어 첫 번째 에이스가 터진 것이다.

두 선수의 서브 능력을 보면 너무나 의외였지만, 영석의 리턴 능력과 로딕이 보이고 있는 집중력이 이런 결과로 나타났다.

피프틴 포티(15 : 40).

브레이크까지 단 한 포인트 남은 영석의 모습이 심상찮았다.

"……."

방금 전에 서브 에이스를 당한 탓일까.

침착함을 두른 광기(狂氣)가 들불처럼 끓어오르고 있다는 것이 화롯불 같은 눈에서 잘 드러난다. 어느 정도는 의도된 폭발이다.

쾅!

쾅!

끽, 끼기기기기긱!

서브가 터지고, 영석의 리턴이 불을 뿜는다.

그리고 이어지는 유려한 스텝.

영석의 몸이 듀스 코트 끝에서 애드 코트로 흐른다.

펑!!

자신에게 닥치고 만 절체절명의 순간, 로딕은 과감하게 공을 친 후 네트로 나아가는 어프로치를 시도했다.

끽, 다다다다!

과감한 어프로치에는 단 한 점의 망설임도 존재하지 않았다. 배수의 진을 친 만큼, 로딕의 선택은 참으로 적절하게 보였다.

탓, 타다다다!

영석이 그런 로딕을 흘긋 보고는 다시 공에 시선을 두었다.

꿈틀—

마치 용틀임을 치듯, 온몸이 꿀렁대는 영석의 모습에 로딕의 얼굴이 긴장으로 물든다.

그리고…….

툭!

완벽하게 공을 따라잡은 영석의 선택은, 강공(强攻)이 아닌, 로브였다.

이전까지의 사나운 기색이 모두 신기루처럼 흩어졌다.

쉬리리리릭—

완전한 여유를 가진 상태에서 허를 찌르는 드롭은 마치 불의의 일격처럼 로딕에게서 사고의 흐름을 앗아갔다.

툭—

—끼아아아아아!!!

그렇게 1세트는 영석이 가져갔다.

바로 이어진 2세트 또한 영석의 페이스였다.

이번에는 초반에 브레이크를 해야겠다고 다짐한 영석이, 바로 신체 능력을 제한하고 있는 빗장을 열고 집중력까지 끌어올려 '느리게 보이는 세상'인 상태에서 초반에 2 : 0으로 앞서나가기 시작한 것이다.

그리고 2세트는 초반에 나왔던 단 한 번의 브레이크로 승부가 결정됐다. 6 : 4의 스코어를 기록하며 2세트 또한 영석이 가져가게 됐다.

"……."

완전히 낯이 흙빛으로 물들어 버린 로딕은 라켓과 신발, 심지어는 양말과 옷까지 갈아입으며 분위기를 전환시키기 위한 모든 노력을 동원했다.

3세트는 창과 방패의 대결 양상을 띠었다. 단, 창과 방패의
역할에 대해선 분기마다 다르게 적용이 되었다.

초반에는 2세트에 이어서 같은 승부수를 띄운 영석이 공격
을 퍼부었다. 숨 쉬는 방법부터 걸음걸이까지. 모든 것을 공격
하나에 초점을 맞춘 영석의 퍼포먼스는 그야말로 격렬했다.

하지만 너무나 공격적이서일까.

로딕과 마찬가지로 세컨드 서브에 플랫 서브를 시도한 영석
은 자신의 이번 US 오픈 '첫' 더블폴트를 기록했다.

"……!!"

로딕은 그 모습에 자신도 모르게 주먹을 움켜쥐며 기뻐했다.

상대 선수의 실책에 기뻐하는 것을 지양하는 게 테니스라는
종목이지만, 승리에 목이 마르게 되면 그런 허례허식은 눈에 보
이지도 않는 것이다.

"……."

잠시 집중력의 흐름이 한차례 끊긴 영석은 바로 그 서브 게
임에서 한 번의 브레이크를 당하며 그대로 3세트를 4 : 6으로
내주고 말았다.

자신의 서브 게임을 브레이크당한 건 차치하더라도, 3세트
후반에 폭우처럼 쏟아지는 로딕의 맹공을 뒤집지 못한 것이 뼈
아프게 다가왔기에, 영석이 그처럼 아쉬움을 토로한 것이다.

그리고 세트 스코어는 2 : 1.

영석의 입장에선 4세트를 가져간 상태로 이 경기의 끝을 맺고 싶은 상황, 로딕의 입장에선 어떻게든 5세트까지 끌고 가야 한다는 절박함이 온몸을 무너뜨리듯 압박을 하고 있는 상황이다.

　바야흐로 끝을 그리는 두 선수의 입장이 사뭇 달라지는 시점에 도달한 것이다.

　　　　*　　　　　*　　　　　*

　매년 도망가지 않고 얌전히 찾아오는 대회이건만, 마치 오늘이 처음이자 마지막인 것처럼 전해져 오는, 하늘이 무너져 내릴 것 같은 부담감은… 영석에겐 익숙한 느낌이었다. 깜냥이 되든 안 되든 그 느낌을 '즐긴다'는 생각까지 했었다. 그것이 세계 톱을 노리는 사람의 품격이라 믿으며.

　'윔블던까지만 말이지.'

　─의식의 전환이 쉽게 될까?

　사람은 스스로를 속이는 일에 능하면서도 서툴다.

　특히 '좋은 결과를 나을 수 있는 속임'에는 영 맥을 못 추는 경우가 많다.

　늦잠 자는 버릇은 들이기 쉬워도, 아침에 일찍 일어나는 습관은 익히기 힘든 것처럼, 좋은 습관을 몸에 익히기 힘든 것과 마찬가지의 알고리즘을 가지고 있는 것이다.

　하지만 영석은 그것이 가능한 사람이다. 원하는 대로 자신을 '설정'할 수 있는 의지를 가진 것이다. 그야말로 철인(鐵人)이라고밖에 할 수 없는 대단한 의지, 언제든 녹슬어 버린 철의 녹과 때를 벗겨낼 수 있는 정신력을 가진 게 영석이라는 선수를 이루고 있는 가장 큰 요소다.

'죽어도 봤는데, 설령 가능하지 못하다고 여겨질 것도 욱여넣어야지. 머리에, 몸에.'

두 번째의 삶은 영석을 초인(超人)에 가까운 '종'으로 만들었다. 그랬기에 이처럼 빠른 시간 내에 세계를 발아래 둘 선수로 성장할 수 있었던 것이다.

'죽을힘을 다하다'는 말을 온전히 몸에 각인시키는 것은, 그런 영석에게는 명확하게 이해가 되는 관용구였다.

—사람 몸안에 있는 수분은 2주면 완전히 새로운 수분으로 교체가 된다.

그렇다면 사람의 정신을 완전히 새롭게 무장하는 데는 어느 정도의 시간이 걸릴까?

'계기만 있다면 매 순간이 가능하지.'

익숙함을 날려 버리고, 초조함과 긴장을 떠안는 것을 택한 이번 US 오픈은 과연 남달랐다.

2001년, 호주 오픈 1회전에서의 VS 사핀 때처럼, 물불을 가리지 않는 이번 결승에서의 플레이는, 영석의 커리어를 생각해 본다면 거칠고 풋내가 나기까지 했지만… 굉장히 효과적이었다.

'특히 저런 눈을 가진 것들에게는… 다시는 안 진다.'

힐끗 바라본 옆 벤치의 로딕은, 지금에 와서는 안구가 더 이상 보이지 않는 것처럼 느껴졌다. 그 자리를 대신하고 있는 것은 줄기줄기 흐르고 있는 열망뿐이었다.

"……."

그 모습을 무심하게 뒤로한 영석이 4세트를 위한 휴식을 제대로 이용하려는 듯, 자신의 몸 상태를 체크했다.

'아직은 괜찮아.'

로딕이 불리한 형세를 맞이하며 거대한 스트레스를 받고 있는 것처럼, 필요할 때마다 믿기지 않는 퍼포먼스를 보여준 영석 또한 자그마한 문제에 봉착해 있었다.

최영태가 말한 '타고난 신체의 불리한' 현상이 찾아오고 있는 것이다. 체력적인 부분은 물론이고, 근육들의 피로도 빠르게 찾아오고 있었다. 심지어는 집중력을 과도하게 쏟아낸 탓인지 살짝 어지러운 증상까지 찾아왔다. 물론 그 대가는 2 : 1로 앞서고 있는 지금의 상황으로 나타났지만 말이다.

'이 정도면… 4세트에선 지금까지의 상태를 유지할 수 있고, 5세트까지 갈 경우엔 조금 힘들 수도 있겠어.'

마음으로는, 4세트에 끝을 낼 거라는 의지가 활화산처럼 솟구치지만, 머리로는 '혹시 모를' 5세트까지의 접전도 자연스럽게 떠오른다.

"…쯧."

나지막하게 혀를 차는 소리가 들린다.

부지불식간에 일어난, 사고의 회로를 영석은 용납할 수 없었던 것이다.

뚜둑—

그때, 영석의 입술에서 섬뜩한 소리가 났다.

아득할 정도의 거대한 소음에 묻혔지만, 영석의 주위에 대기하고 있던 볼키즈와 옆 벤치에 앉아 있는 로딕에겐 천둥과도 같은 소리로 다가왔다.

"......!!"

불로 지진 듯, 뜨거운 통증이 입술에서부터 정수리까지 빠르게 치고 올라갔다. 머리를 털어낸 타월을 뒤집어 입가를 훔치자, 통증이 아래로도 뻗어나가는 듯했다. 적당히 기분 좋은 통증이라는 생각과 함께 영석이 차갑게 웃었다.

'4세트에 끝내자.'

그것이 답이었고, 그것을 위한 패배도 겪었다.

앞서 나가고 있는 영석에게도 물러날 여지 따윈 존재하지 않았다.

*   *   *

4세트는 초반부터 격렬한 난투전이 벌어졌다.

콰앙!

로딕이 얼굴을 일그러뜨리며 강력한 서브를 내리꽂았다.

쾅!!

영석 또한 얼굴을 구기며 위맹하기 이를 데 없는 리턴을 보였다.

쉭—

코스는 로딕이 서 있는 그 자리.

바로 얼마 전 3세트에서 곧잘 오픈 스페이스로 리턴을 하여 재미를 본 영석은, 로딕의 의식이 오픈 스페이스에 가 있을 거라 예상을 하고 의표를 찔러봤다.

펑!

하지만 로딕은 의외로 침착했다.

아주 잠시의 어그러짐을 보이는가 싶었지만, 빠르게 자세를 정비하고 덤덤하게 팔을 휘두를 뿐이었다. 서늘하게 가라앉은 눈은, 마치 투우를 보는 투우사를 보는 듯했다.

"……."

기분 나쁠 수 있는 로딕의 눈초리에도 묵묵히 침묵을 삼킨 영석은 짐승처럼 공을 향해 몸을 날려 과격하게 팔을 휘둘렀다.

쾅!!

타구음과 위력, 속도… 모두 말할 것도 없이 최고의 공이 영석의 라켓을 떠난다. 하지만 코스는 또다시 센터마크와 듀스코트 가운데쯤으로 어중간하게 들어갔다.

"……."

그제야 로딕의 얼굴이 일그러지기 시작했다.

이 미숙해 보이기만 하는, 프로답지 않은 샷이 이전 세트에서 몇 번이고 나왔고, 결과는 압도적이라고 할 정도로 로딕에게 안 좋게 돌아왔기 때문이다.

공격을 해도, 기술을 구사해도, 영석은 한계를 넘어선 움직임으로 모든 공을 커버했기 때문이다.

극단적인 신체 능력을 이용한 극강의 방어력과 공격력이 상대하는 선수의 긴장도를 끊임없이 높인다.

'고민해라.'

사실, 그쪽으로 보내는 것에 특별한 의도는 없다.

그저 영석은 자신이 숨 쉬듯 자연스럽게 그렸던 전개를 뒤집을 방도를 찾아 팔을 휘둘렀을 뿐이다.

상대가 대비하고 있을 때 보내는 회심의 공격은 아무런 소용이 없다. 어차피 코트의 넓이는 한정되어 있고, 어지간한 톱 프로는 의식하고 있다면, 대부분의 공에 반응할 수 있는 여력이 있다.

'눈으로 뻔히 보면서도 몸이 반응하지 못하게 만들어야 해.'

물리적으로 받아낼 수 없는 공을 보내는 것이, 그 공을 위한 전략을 짜는 것이 영석이 이번 결승에서 보이고자 하는 테니스다.

펑!!

하는 수 없이 로딕은 공을 다시 넘겼다.

코스는 짧은 크로스, 듀스 코트다.

"……."

"……."

그 순간, 두 선수의 뇌리에 한 장면이 떠올랐다.

러닝 백핸드를 잭나이프로 성공시킨 영석의 진기명기, 그 장면이 떠오른 것이다.

'미치겠지?'

영석은 똑같이 한 발로 스플릿 스텝을 밟고, 큼직한 걸음으로 빠르게 듀스 코트로 향하다가 기세를 줄여 잔발 스텝을 밟아가는 모양새를 보여줬다.

삽시간에 '투우사'의 안색이 하얗게 질린다.

다다다닷!

다시금 속도를 바짝 올린 영석이 공중에 몸을 훅— 띄웠다. 허리가 한차례 꼬이고, 두 팔이 힘차게 테이크백 된다. 그 동작에 맞춰 로딕의 몸이 움찔움찔거린다. 영석이 스트레이트로 보내게 되면 애드 코트, 크로스로 보내면 듀스 코트가 될 것인데 둘 중 하나를 두고 고민하는 것이다.

'…흐.'

표정에서 드러날까 싶어 얼굴 근육에 긴장을 불어넣은 영석이 내심 헐거운 웃음을 흘린다.

쉬익—

꼬인 허리가 풀리며 라켓을 강하게 잡은 두 팔이 빠르게 공을 향해 나아갈 준비를 하는 그 순간, 빠르고 강하게만 보였던 영석의 몸이 흐물거리듯 유려한 흐름을 보인다.

타점과의 거리 30㎝정도에서 오른팔을 라켓에서 뗀 후, 그대로 땅을 덮을 듯 기울어 있던 라켓 면을 빙글 돌려 비스듬하게 하늘을 보게 만들었다.

퉁!

누구도 의식하지 못했던 드롭이 펼쳐지고, 공이 하늘하늘 공중을 부유한다.

탁!

사뿐히 땅에 착지한 영석이 네트를 넘어간 공을 일별하고는,
몸을 돌려 볼키즈에게 신호를 보낸다.

툭, 툭…….

두 번의 바운드가 되는 소리가 나직하게 울리고, 타울을
들고 다가오는 볼키즈의 걸음 소리가 고요한 적막 위를 수놓
는다.

*   *   *

지금까지의 기량.

즉, 1, 2, 3세트에서의 기량을 유지하는 것만으로는 안 되겠
다는 판단이 들었을까. 영석은 시종일관 몸의 한계를 넘나들며
과감한 선택을 이어갔다. 기필코 4세트에서 끝을 내겠다는 의
지다.

"후욱…….."

입에서는 단내가 나다 못해 쓰고 신물이 꾸역꾸역 역류하는
것을 막느라 정신이 없었다. 이온음료를 뜨겁게 끓인 맛이 상
상된다.

꿈틀!

잘게 경련하는 것 이상으로 넘어가면, 감각이 죽으며 묘한
반응을 보인다. 다리가 덜덜 떨리는 것을 멈추고는 죽어가는
생선처럼 간헐적으로 크게 한 번씩 꿈틀거리는 것이다.

슥—

영석이 손을 뒤로 보내 기립근과 엉덩이 근육을 슬쩍 훑는다.

'딱딱하군……'

일정 시간 이상을 폭발적으로 움직이면, 제아무리 유연한 근육이라도 딱딱하게 굳게 마련이다. 기름칠이 벗겨진 철문처럼 삐걱거리는 듯한 근육을 다시금 부드럽게 풀어주기 위해 영석이 제자리에서 스트레칭을 한다.

"그래도 다행이야."

나직하게 흘러나오는 소리에는 자부심과 적당한 긴장감이 섞여 있었다.

네트 너머에서 참혹한 표정의 로딕이 무기력하게 늘어져 있었기 때문이다. 단지 서 있을 뿐, 어떠한 여력이나 판도를 뒤집겠다는 의지를 엿볼 수 없었다.

"……."

6 : 4, 6 : 4, 4 : 6의 1, 2, 3세트를 넘어 5 : 2을 기록하고 있는 지금의 스코어를 맞이한다면, 누구나 참담할 것이다.

화롯불처럼 타오르던 로딕의 눈이 비로소 영역이 확실하게 구분되는 보통의 눈이 되었다.

퉁, 퉁…….

영석이 한 번 그렇게 인식해서일까.

서브를 준비하는 동작 하나하나도 맥이 없어보였다.

휘릭— 콰아아앙!

쎄엑—

하지만… 과연 서브만큼은 어떤 일이 있어도 흔들리지 않았다. 그것은 로딕의 프라이드 이전에 프로로서의 자존감 문제다.

짧게 떨어지는 센터로, 코스는 예술적이었다.

텅!

"피프틴 서티(15 : 30)!"

로딕이 오늘 경기 스무 번째 서브 에이스를 기록했다. 영석의 서브 에이스 개수와 같아진 순간이다.

"후우……."

바닥이 난 것처럼 여겨졌던 체력과 긴장감이 다시 스멀스멀 차오르기 시작하며 온몸이 덜덜 떨리기 시작했다.

아직도 자신에게 이런 여력이 남아 있었는지 자조적인 미소를 살짝 보인 영석이 몸에 탄력을 불어넣으며 애드 코트로 향했다.

―구우웅.

마지막 게임이 될 수도 있는 이번 로딕의 서브 게임에 접어들자, 어김없이 관중들은 심장 박동과 긴장감으로 크나큰 소음을 만들어내고 있었다.

휘리릭, 휘리릭―

애드 코트에 도착한 영석은 자세를 낮추고 손안에서 라켓을 빙글빙글 돌리고 있고, 로딕은 차분한 몸짓으로 공을 튕기고 있었다.

쾅!

로딕의 서브가 다시금 꽂힌다.

코스는 방금 전과 같은, 짧게 떨어지는 센터.

'안 당하지.'

역의 역을 노리고 있던 영석이 부드럽게, 그러나 재빠르게 반응한다.

쾅!!

240km/h에 가까운 서브에 대응하는 영석의 선택은, 여봐란 듯한 풀스윙의 리턴.

괴랄한 타구음과 함께 쏟아진 공이 듀스 코트로 곧은 직선을 그리며 날아간다.

"피프틴 포티(15 : 40), 매치 포인트."

—우와아아아아아아!!

—와아아!

술렁이던 관중석이 한바탕 들썩거린다.

접전이든 아니든, 메이저 대회가 끝을 맺어가는 이 역사적인 순간을 참을 수 없어 소리를 내지른 것이다.

—쉬이이이~~

선수들이 듀스 코트에 자리하자 함성을 자제하라는 소리가 여기저기서 새어 나온다.

"……."

정작 매치 포인트, 다른 말로 챔피언십 포인트를 맞이하고 있는 영석은 인상을 찌푸리고 있었다.

'와이드냐 센터냐. 서브는 변함이 없는데, 몸의 반응이 늦어지니……'

정보를 습득한 눈이 이미 몸에 명령을 내리고 있는 의식에 관여하여 변화를 만들어내야 하는 것이 리턴에서의 관건이다.

가령, 와이드를 의식하고 있다가도, 센터로 들어오는 서브에 기민하게 반응할 수 있어야 한다. 특히나 강서버인 로딕을 상대론 말이다.

하지만 지금은 그야말로 50%의 도박인 상태. 와이드냐 센터냐를 두고 하나에 올인하고 있었다.

'나라면… 한 번 더 센터를 노릴 수도 있겠지만… 와이드로 가자.'

고민하는 사이 공은 토스됐고, 로딕의 강견이 허공을 갈랐다.

쾅!

끽!

'제길!!'

3연속 센터로 꽂힌 공.

역동작에 걸린 영석이 급하게 허리를 굳게 세워 몸을 반대 방향으로 전환했다.

'늦었어.'

통!!

팔을 뻗긴 했지만, 거의 100%의 확률로 이번 포인트를 뺏기겠다고 생각한 영석이 네트를 넘어가는 공을 바라보았다.

끽, 끼긱! 다다닷!

서비스라인 즈음에 떨어진 공을 향해 로딕이 우아하게 다가 간다.

끽!

영석이 애드 코트로 급하게 몸을 날리려는 순간,

펑!!

로딕의 인사이드—아웃 포핸드가 작렬했다.

쉬익— 쿵!

로딕의 담은 생각보다 크지 않았다.

마지막 포인트가 될 수도 있다는 생각 때문일까. 공이 상당
히 얕게 들어왔기 때문이다.

영석의 다리라면 닿을 수 있는 정도의 거리.

퉁!

허리를 접은 영석이 팔을 쭉 펴 공에 라켓을 대었다.

공이 둥실 떠서 날아간다. 의도치 않은 로브.

네트 앞에서 대기하고 있던 로딕이 몸을 돌려 공을 향해 뛴다.

'받겠지.'

의도하지 않았기 때문에, 로브가 된 공은 느리고 스핀도 적
었다.

견적을 낸 영석이 네트를 향해 뛰어간다.

휘릭—

공을 쫓아간 로딕이 몸을 휙 돌리며 공을 향해 라켓을 뻗었
고, 네트 앞에서 다소 긴장한 듯한 영석이 타점을 눈여겨볼 때,

쾅!

로딕의 라켓에서 불이 뿜어져 나옴과 동시에 공이 쏜살같이
날아왔다.

흉흉한 기세의 플랫성 볼이었다.

'잡았다!'

이 한 포인트만 잡으면 된다는 생각에 몸의 피로가 단박에 날아간 영석이 예상 타점을 향해 몸을 움직이며 라켓을 들어 발리를 준비하려는 순간,

촤라르륵—

공은 네트를 넘어가지 못하고 말았다.

—끄어어아아아아아!!!

어마어마한 환호성에, 예의 '게임 셋 매치 원 바이……'라는 심판의 선언이 묻히고 이때까지 참아왔던 초조함과 긴장의 뚜껑이 '뻥!' 하고 열렸다.

"……."

영석은 두 손을 높이 올리고는 곧이어 자신의 얼굴을 감싸 쥐었다.

Chapter 83
등극(登極)

이영석(대한민국, 세계 랭킹 1위)가 새로운 황제의 등극을 선언했다. 2003년 9월 7일 US Open 남자 단식 결승전에서 앤디 로딕(미국, 세계 랭킹 5위)을 상대로 세트 스코어 3 : 1(6 : 4, 6 : 4, 4 : 6, 6 : 2)을 기록하며 승리를 거뒀다.

이날 우승으로, 이영석은 윔블던을 제외한 나머지 세 개의 모든 메이저 대회 우승컵(호주 오픈, 프랑스 오픈, US 오픈)을 들어 올리게 되며 세계를 경악과 경탄으로 물들였다.

윔블던이 끝나고 US 오픈까지의 맞대결만 이제 네 번째. 상대 전적에서 단 한 번도 패배를 기록한 적 없는 이영석 선수였지만, 로딕과의 라이벌 구도는 하반기 최고의 흥행 카드로 떠오르며 이번 US 오픈에서도 남다른 기대감을 품게끔 만들었다.

호주 오픈에서 파격적인 우승과 함께 일약 스타덤에 올랐던 이영석 선수는, 프랑스 오픈에서 플레이 스타일과 맞지 않는다는 본질적인 약점을 극복하고 우승을 거머쥐었다. 그리고 이어진 윔블던.

최고의 무대가 그를 위해 준비되어 있었던 것 같았던 그 윔블던에서 이영석 선수는 '복병' 페더러(스위스, 세계 랭킹 4위)를 만나 무릎을 꿇었다.

너무나 파격적인 2회 연속 우승 덕분일까. 한 번의 패배는 약점이 없을 것 같았던 선수의 문제점을 드러나게 만들었다. 테니스 전문가들과 각종 언론에서조차 심도 있게 다룰 정도였다.

우선, 체력적인 문제가 가장 크다고 지적됐다. 3세트 매치가 아닌, 5세트 매치에서는 풀세트로 접전을 치르게 될 때 티는 안 나지만 기량이 전반적으로 빠르게 하향 곡선을 나타내는 문제점이 나타났다. 비슷한 기량의 톱 프로를 만날 때에는 이런 문제점이 더욱 도드라지게 나타날 수밖에 없었고, 이는 그로 하여금 생에 첫 패배를 겪게끔 만들었다.

이영석 선수의 전담 코치이자 스승인 최영태 코치(한신은행)는 이 문제에 대해 '타고난 신체의 우월성이 역으로 체력 문제를 나왔다'고 언급하며 방비를 할 것이라는 답변을 해왔다.

자신에게 어울리지 않는 준우승 트로피를 얻었던 이영석 선수는 이어진 일정에서 전승(全勝)을 거두며 참가하는 모든 대회에서 우승을 거두었다.

한편, 로딕에게 이영석이라는 거대한 산은 사사건건 그를 가로막는 존재였다.

프랑스 오픈 직후부터 서서히 페이스를 끌어올리며, 윔블던 이후의 대부분의 대회에서 결승전까지 오른 로딕은, 분명 데뷔 이후 가장 좋은 컨디션을 유지하고 있었다. 두 번의 마스터스 시리즈에서 결승까지 오른 것이 그 증거였다.

하지만 그는 결국 이영석이라는 거대한 산을 넘지 못하고 US 오픈을 맞이하게 되었다. 연달은 세 번의 패배. 로딕은 기자 회견에서 생애 첫 메이저 우승을 고국인 미국에서 이루고 싶다 며 의지를 보인 바 있었다.

그리고 마침내 US 오픈 결승에서······.

"흠······."

박정훈은 자신의 기사를 간단하게 검토하고 있었다. 이미 몇 번이고 퇴고를 하며, 까다롭게 교정과 교열까지 보느라 오랜 시 간이 걸렸지만, 경기 결과와 상관없이 미리 써놓을 수 있었던 부분이 많았기 때문에, 경기가 끝나고 채 1시간도 지나지 않은 지금 이 순간에도 언제든 업로드할 수 있는 여유가 있었다. 제 목은 이미 멋들어지게 뽑아놨다고 자부하고 있었다.

─새로운 황제, 자신의 시대를 선언하다!

새로운 황제.

1년에 무려 세 번이나 우승한 영석에게 딱 맞는 타이틀이라는 생각을 한 박정훈이 만족감이 깃든 미소를 지었다.

"기사는 어차피 정보…… 그것보다 어울리는 사진이 중요해."

박정훈이 담배를 한 대 꼬나물고 사진을 고르기 시작했다.

"꽤 많이 골라야겠군……."

모니터로 여러 사진을 하나씩 넘겨보던 박정훈이 최종적으로 다섯 장의 사진을 골랐다.

네 장의 사진은 시합이 끝나고 네트에서 영석과 로딕이 가벼운 포옹을 하고 있는 사진이었다. 모두 최근 대회에서의 결승전으로, '4연전'을 강조한 사진이었다.

나머지 하나는 매치 포인트에서 우승을 확정짓고 기뻐하고 있는 영석의 사진이었다.

"우선 영석이 혼자 기뻐하고 있는 사진을 맨 위에 넣고, 로딕과의 4연전을 강조하는 이 부분에서 이 사진들을 넣고… 음, 조금 허전하기도 한데? 남는 글이 너무 많아."

딸칵— 딸칵—

마우스를 누르는 소리가 고요하게 퍼져 나간다.

"…이거다!"

박정훈이 자그맣게 웃음 지으며 하나의 사진을 확대했다.

그 사진 속에서, 영석은 올해 세 번째 메이저 대회 우승컵을 멋들어지게 들어 올리며 참으로 기쁘면서도 해사한 미소를 짓고 있었다.

"최고야……."

박정훈은 황홀한 듯 그 사진을 넋을 놓고 보다가, 진희의 사진도 화면에 띄우기 시작했다.

"남자, 여자 합쳐서 1년에 총 8개의 메이저 우승컵이 있는데, 그중 다섯 개가 영석이와 진희의 것이라니……. 이 시대에 살아가고 있어서 정말 다행이야."

바둑판식 배열로 화면에 띄워진 사진에서는 각기 다른 거대한 우승컵을 안고 있는 영석과 진희의 모습만이 가득했다.

그 밖의 사진을 검색해 보던 박정훈이 손뼉을 치며 탄성을 내뱉었다.

"재림이도 이번에 장난 아니었지. 메이저를 차치하면 재림이는 떠오르는 신성이야. 오… 그래. 왕중왕전까지 끝나고 이 특집으로 내야겠다. '한국인 트리오, 세계를 호령하다!'가 좋겠군. 어라? 저번에도 이거였나? 그럼 타이틀을 어떻게 할까……."

타다다닥!

영석이 코트를 빠르게 휘젓는 것처럼, 박정훈의 손가락이 키보드 위를 화려하게 뛰어놀고 있었다.

*   *   *

"……."

여러 개의 방이 있는 스위트룸.

그중 침실에 들어가 있는 영석은 열린 방문 너머, 거실에 모여 기쁨의 춤을 추고 있는 부모님과 최영애의 모습을 넋을 잃고 보고 있었다. 체면과 나이를 잊은 듯 세 사람은 빙글빙글 돌면서 출처 불명의 춤을 추고 있었다.

전생과 현생을 통틀어 이런 모습을 처음 본 영석은 누구에게도 보인 적 없는, 심하게 당황한 듯한 표정을 짓고 있었다. 그야말로 아연실색(啞然失色)이라는 말이 딱 맞는 표정이다.

"우승했네~!"

"우승했어~!"

"우리 영석이가 우승했네~!!"

마흔 중후반의 어른들이 아이처럼 웃으며 춤을 추는, 이 진귀한 광경을 가만히 보던 진희가 한마디 덧붙인다.

"뭐, 뭐야. 되게 재밌어 보여! 나도 할래!"

쿵쾅쿵쾅!

이제 네 명의 춤사위가 한 방 안에서 펼쳐진다.

말려야 할 최영태는 어쩐 일인지 핸드폰을 조작하더니 BGM까지 깔아주며 흥을 돋우고 있었다. 춤판에 끼어들지 않은 것으로 최소한의 체면은 지키며 말이다.

"…미안합니다, 선생님. 조금 시끄럽죠?"

침대에 엎드린 영석이 자신의 몸 이곳저곳을 살피며 조심스럽게 침을 놓고 있는 초로의 노인에게 말을 건넸다.

"…괜찮네. 아무렴, 얼마나 기쁜 일인가. 처음 만난 내가 할 말은 아니지만, 자네의 우승은 자네 혼자만의 것이 아니야. 같은 국적이라는 것 하나로 이렇게 기쁜데, 저분들은 어떻겠나."

툭—

그렇게 말하며 영석의 목부터 등판과 허리, 허벅지와 종아리까지 빼곡하게 작은 침들을 꽂은 노인이 말을 이었다.

"이제 15분 정도 있다가 다른 부위에 놓겠네. 쉬고 있게나."

그렇게 말하며 노인은 조용히 일어나 방문을 열고 나갔다.

그러나 워낙 넓은 방이라 그가 나가는 것을 아무도 알아채지 못했다.

'침 맞는 건 오랜만이군……'

강춘수가 섭외한, 미국에서 활동하고 있는 한의사 선생은 꽤나 실력이 좋은 듯 막힘없이 영석의 몸에 침을 놓았다. 전생에서도 수도 없이 침을 맞아봤던 영석은 이 노인이 훌륭한 실력을 가졌다는 것을 단박에 알 수 있었다.

"……"

편하게 엎드린 상태에서 영석은 기쁨의 몸부림을 펼치고 있는 일행을 보며 씨익 웃었다. 바로 얼마 전까지의 피로가 어느 정도는 씻겨 나간 듯한 표정이다.

'행복하면서도 힘들었지……'

우승할 때마다 난리통이긴 했지만, 이번 우승의 후폭풍 또한 만만치 않았다.

불과 몇 시간 전을 회상하는 영석의 눈에 기분 좋은 탈력감이 맴돈다.

우승 후의 일정은 언제나 그렇듯, 굉장히 빡빡하면서도 부산스럽다. 일단 코트에서의 일정만으로 몸이 녹초가 되고 만다.

선수들의 수상 및 소감, 시상식, 포토 타임, 인터뷰……. 이 모든 코트에서의 일정이 끝나고 나면, 뒤이어 기자회견이나 언론들을 상대하러 코트를 벗어나야 한다.

'……'

시합 직후다.

'이번에야말로 1g의 후회도 남기지 않겠다'라는 마음으로 시합을 한 영석에게 여력 따위란 존재치 않았다.

늘 거뜬하게 소화하던 일정이 산 너머 산같이 느껴졌지만, 뼛골까지 밴 '프로 의식'이 그를 지탱하고 있었다.

그리고 또 하나 그를 지탱하고 있는 것이 있었다.

"축하해!!"

"축하해요!!"

"오늘 경기 최고였어요!!"

"사랑해요!!"

가까운 데서, 멀리서 얼굴도 모르는 사람들이 소리를 지르며 영석에게 축하를 전해왔다.

늘어져서 자고만 싶었던 영석은, 자신에게 축하를 건네는 사람들에게서 거대한 에너지를 받는 것 같은 느낌이 들었다. 전혀 거추장스럽지 않았고, 미소가 얼굴에 자연스럽게 자리잡았다.

'행복하네.'

익숙해질 법도 하건만, 우승 후의 이 기분 좋은 충족감은 늘 새롭고 짜릿했다.

공식적인 인터뷰를 마치고, 늘 그랬듯 한국의 언론들을 따로 모아 다시 한번 기자회견을 여는 자리.

여기저기서 웃음꽃이 피며 말랑말랑한 분위기를 연출했다.

"이 사진 어때?"

"오, 장난 아닌데?"

영석이 우승컵을 들어 올리는 하나의 포즈만으로도 사진의 종류가 수십 가지는 되었다. 그 속에는 진희의 것도 만만찮게 포함되어 있었다.

"선수 입장합니다!"

어느 직원이 그렇게 외치자, 문이 열리고 영석과 진희, 최영태, 강춘수와 강혜수가 차례대로 입장했다.

파라라라락—

셔터 누르는 소리는 영석 일행이 자리에 앉을 때까지 이어졌다.

"큰 산 하나를 또 넘었습니다."

자리에 앉은 영석이 빙긋 웃으며 말문을 열자 여기저기서 실없는 웃음소리가 새어 나왔다.

"잘 나온 사진 있으면 김서영 기자에게 좀 넘겨주세요~!!"

진희가 옆에서 천진하게 손을 들며 말한다. 실없던 웃음이 제법 크게 여기저기서 들렸다. 김서영이 진희의 팬페이지를 운영하고 있다는 것을 이 자리에 있는 모두가 알고 있기 때문이다.

"…그럼 질문 받도록 하겠습니다."

어느 정도 분위기가 풀어지자 늘 그랬듯 강춘수가 사회를 보기 시작했다.

"언제나 그렇지만, 향후 일정에 대해 한 말씀 부탁드립니다."

"여러분도 아시다시피, US 오픈이 끝났지만, 아직도 대회는 왕중왕전까지 열여섯 개가 남아 있습니다. 물론, 이중에는 날짜가 겹치는 대회도 있겠죠. 아마 네다섯 개의 대회에 참가하지 않을까 싶습니다."

본격적인 질의응답 시간이 되자, 금세 분위기가 진지하게 변했다. 일이 시작될 때는 모두 프로인 것이다.

"한국에는 언제쯤 방문하실 예정입니까? 영석 선수를 기다리는 팬들이 굉장히 많습니다."

이미 호주 오픈과 프랑스 오픈 우승으로 한국에서는 일약 스포츠 스타가 된 영석은 이번 US 오픈까지 우승하며 벌써부터 '레전드'라는 칭호를 얻었다. 다시는 한국에 태어나질 않을 수도 있는 절대적인 인재. 그것이 영석이 한국에서 받고 있는 평가였다.

"아마 재팬 오픈에는 참가할 거 같은데… 그때쯤 한국에 잠시 들를 수 있을 것 같습니다."

이미 강춘수와도 얘기를 끝내 놓은 일. 영석이 가볍게 말하자 기자들이 열심히 받아 적는다. 그 후로도 이런저런 질문들이 쏟아져 들어왔고, 영석과 진희는 막힘없이 술술 잘 대답했다. 그리고 시간이 흘러 이제 거의 끝나갈 때쯤, 마지막 질문이 들어왔다.

"이제 남은 대회 중 가장 신경 쓰고 있는 대회가 있다면 어느 대회입니까?"

"물론……."

뜸을 들인 영석이 나직하게 답했다.

"데이비스컵이죠."

*　　　　*　　　　*

"데이비스컵이라……."

나직하게 중얼거리며 회상을 그만둔 영석이 아직도 춤판을 벌이고 있는 네 명을 피해 조심스럽게 다가오는 한의사를 보며 웃어주었다.

"벌써 15분이 지났나요?"

"아직 15분은 안 됐고, 잠깐 준비할 게 있어서 좀 서둘렀네."

한의사가 가져온 가방을 열어 이것저것 꺼내기 시작했다.

"부황 뜨시게요?"

단박에 무슨 기구인지 눈치챈 영석이 묻자 한의사가 빙긋 웃으며 답했다.

"아까 촉진(觸診)해 보니, 이게 필요한 부위가 좀 있어서……."

촤촤착! 촤차착!

등판에 작은 바늘로 구멍을 뚫고는 흡착판 같은 것을 붙이자 알싸한 고통이 잠시 지나가고 시원한 느낌이 든다. 피부가 흡착되며 잠시 따갑기는 하였으나, 흡착판을 떼어내고 피를 닦아내자 노곤노곤해졌다. 특히 견갑골 주변이 흐물흐물해지는 기분이었다.

두둥, 둥!

치료를 받아서일까.

들려오는 흥겨운 음악 소리가 제법 나긋하게 들린다고 생각한 영석은 이내 고개를 박고 곯아떨어졌다.

*　　　*　　　*

데이비스컵(Davis Cup).

달리 '테니스 올림픽'이라고도 여겨지는 국가 대항전(남자)을 칭하는 이 대회에 영석은 불참한 전력이 있다. 2003시즌에 전력을 다하기 위함이었는데, 대한민국이 강등 위기에 처한 지금, 적어도 파키스탄전만큼은 영석이 참여하게 될 수밖에 없는 상황이 도래했다.

월드컵과 유사하게 진행되는 이 대회의 룰을 다시 간단히 설명하자면, 우선 세계를 대륙별로 나누어 '지역 예선'을 펼치고, 지역 예선을 뚫고 올라온 나라들과 '시드 국'을 합해 총 16개국이 본선에서 자웅을 겨루게 된다.

물론, 한국은 본선과는 인연이 없다. 우선 지역 예선 자체가 한국에게 거대한 벽으로 작용하고 있기 때문이다. 한국은 아시아/오세아니아 지역 예선에 1960년부터 지금까지 매년 참가하고 있다. 그리고 단 한 번도 본선에 진출한 경험이 없다.

그야말로 처참할 정도의 성적.

한국의 모든 테니스인들이 영석의 참여로 본선 진출의 희망을 갖는 것이 이해가 되는 상황이다.

'물론 올해는 끝났지만……'

2003년 데이비스컵에서 한국은 패배를 거듭하고 있는 상황이었고, 1라운드에서 패배한 4개국끼리 붙는 1라운드 플레이오프에서까지 인도네시아에게 패배를 기록하며 벼랑 끝으로 몰려 있는 상황이다.

US 오픈이 끝난 지금, 9월 19일부터 21일까지 3일 동안 치러질 파키스탄전을 대비해야 한다.

"파키스탄에 가야 된다고 했죠?"

영석이 팔자 좋게 엎드려서 강춘수에게 물었다. 물론, 하루 이틀로는 풀어낼 수 없는 몸의 피로를 조금이라도 빨리 풀기 위해 물리치료를 지속적으로 받기 위함이다. 회귀를 한 이후로 침 치료를 처음 맞아보는데, 이게 영석의 몸과는 궁합이 맞았다.

옆 침대에는 진희가 같은 자세로 누워 있었다. 가족을 포함한 일행은 기분 좋게 출국 전 날의 쇼핑을 만끽하러 나간 상태다.

"우와, 파키스탄! 한 번도 안 가봤어."

진희가 즐겁다는 듯 소리쳤다.

"넌 WTA일정 돌아야지……."

괜한 말을 하게 만든다는 듯, 영석이 가벼운 핀잔을 주자 진희가 우는 소리를 한다.

"알아. 아는데… 괜히 US 끝나니까 다 끝난 것 같다아아아~!

쉬고 싶어."

쉬고 있으면서 쉬고 싶다는 말을 하는 진희의 말에, 아주 조금은 동감한 영석이 고개를 끄덕이고는 원론적인 대답을 했다.

"피로 잘 풀고 쉬다 보면 다시 몸이 근질거릴 거야. 우린 그런 종자니까. 아참, 춘수 씨. 위치 좀 설명해 줘요."

조금 의미심장했지만, 가벼운 태도가 영석의 말을 덩달아 가볍게 만든다.

아웅다웅하는 둘을 부드러운 미소로 지켜보고 있던 강춘수가 설명을 이었다.

"파키스탄 라호르(Lahore, Pakistan)라는 지역으로 갑니다. 잔디 코트에서 시합을 3일 동안 합니다."

"김천이었으면 오죽 좋아! 푸우… 잔디라."

진희가 옆에서 중얼거린다.

김천은 2002년 부산 아시안 게임 국가 대표 선발을 위해 한 차례 방문했던 기억이 있다.

잔디라는 말에 진희는 손가락을 꼽아 보더니 별로 좋지 않은 기색을 보였다.

"2단식을 첫날, 1복식이 둘째 날, 2단식 마지막 날 아니야? 그래서 총 5세트 경기고."

"맞습니다."

강춘수가 영석을 대신하여 고개를 끄덕이자 진희가 나름의 깜냥으로 시합을 예측해 보기 시작했다.

"우선 첫날에 2단식 중에 1단식을 네가 한다고 쳐. 상대가 누구든 무조건 넌 첫 게임이지. 그럼 1승 챙기는 거고, 마지막 날에 한 번 더 단식 나와서 1승해서 총 2승. 근데 나머지 1승은 누가 챙겨줘? 김태진 감독님이 누굴 데리고 가실지는 모르겠지만, 그게 쉬울까? 잔디에서? 재림이도 잔디는 쥐약이잖아."

데이비스컵은 참가하는 선수가 네 명이다. 단식 두 명과 복식 두 명으로 이루어져 있는데, 사실상 멤버는 거의 정해져 있다고 보면 된다.

이영석, 이재림, 이형택, 고승진.

영석은 말할 것도 없이 최고의 선수고, 이재림도 세계적인 선수로 발돋움하고 있는 천재 플레이어다. 잔디에서 부진한 모습을 보였지만, 이재림을 대체할 수 있는 역량의 선수는 현재 한국에는 없다. 이형택은 요새 조금 부진한 모습을 보이고 있지만, 그래도 영석과 재림을 제외하면 한국 최고의 선수다. 고승진은 국내 실업 No.1의 위엄을 가진 선수다.

다만, 잔디에서 괜찮은 플레이를 펼칠 수 있는 선수가 영석을 제외하면 한 명도 없다는 게 문제다.

"형택이 형이 1승 할 거야, 반드시. 재림이는… 복식에서 어떻게든 비벼봐야지. 3 : 1로 네 번째 경기에서 끝을 낼 수도 있다고 봐."

영석은 걱정 말라는 듯 가볍게 대꾸했다.

진희는 고개를 갸웃하며 여전히 '음… 파키스탄이 무서운데……'라는 말을 하고 있었다.

"내년엔 올림픽이 있기 때문에, 여러분 모두 2004년 데이비스/페드컵에 진출하시는 게 좋습니다."

강춘수가 뜬금없게 들리는 말을 뱉었지만, 영석과 진희는 진중하게 고개를 끄덕였다.

2004년은 아테네 올림픽이 열린다. 올림픽에 나가기 위해선 최소 두 번의 데이비스/페드컵 참가가 필수다.

"사실 2003년을 오롯하게 투어로 보내고 싶어서 데이비스컵을 마다한 거지, 내년엔 좀 여유로우니까 괜찮아요. 두 번째로 도는 건데 아무래도 올해보단 낫겠죠."

"응응. 그럴 거야."

영석의 말에 진희가 고개를 격하게 끄덕이며 맞장구쳤다. 쉬고 싶다고 한 지 얼마 되지 않았는데, 벌써 눈에는 2004 시즌에 대한 기대감과 야망이 꿈틀댔다.

*   *   *

"나이키와 바볼랏 두 곳에서 모두 연락이 왔습니다."

식사를 끝내고 유유자적하게 차를 마시고 있는 영석과 진희에게 강춘수가 다가와 말을 걸었다. 강혜수 또한 대동한 상태였다. 강춘수가 눈짓하자 강혜수가 짤막한 브리핑을 시작했다.

"우선은, 선수와 직접 만나서 얘기해 보고 싶다는 얘기를 들었습니다만, 저희가 미리 협상을 어느 정도 진행했습니다."

듣고 있던 영석이 고개를 끄덕였다. 에이전트로서 당연한 업무이기 때문이다. 그리고 그쪽 방면에서 강춘수와 강혜수의 능력은, 의심할 바가 없었다. 다른 영역에서도 완벽한 일 처리를 보였듯 말이다.

"계약금은……."

그 뒤로 한동안 강혜수와 강춘수의 설명이 이어졌다.

2003시즌 윔블던을 제외한 참가한 '모든' 대회에서 우승. 메이저 3회 우승.

2003시즌 승률 88%, WTA 타이틀 열다섯 개, 메이저 2회 우승.

갑작스러운 제의였지만 어느 정도는 예견된 제의이기도 한 이번 계약 갱신은 실로 놀라운 조건을 동반했다.

우선, 영석과 진희는 계약금은 물론이고, 기타 모든 조건이 동일하게 책정됐다. 영석보다 조금은 커리어에서 부족한 면모를 보이고 있지만, 진희는 WTA에서는 현재 최고의 흥행 카드다. 전 세계적인 인기로만 따지면, 영석보다 못해도 두세 배는 더 위일 정도.

두 사람의 균형은 얼추 비슷하게 맞아떨어졌다. 그리고 이 둘이 모두 같은 브랜드와 계약을 하고 있었기 때문에, 회사 입장에서도 이득이 컸고, 쉽게 수용이 가능했다.

─엠블럼 디자인 및 적용.

샘플로 가져온 것들 모두 휘황찬란했다.

과연 나이키는 이쪽으로는 강자였다. 영석의 전생에서도 페더러와 나달의 경우, 이런 엠블럼이 큰 반향을 일으켰었다. 페더러는 F를 이용한 엠블럼, 나달은 황소를 표현한 엠블럼이었다.

영석은 L을 이용한 엠블럼을 택했다. 딱딱하고 견고하지만, 압도적인 느낌을 풍기는 엠블럼은 영석의 마음에 쏙 들었다.

진희는 신기하게도 나비 문양의 엠블럼을 선택했는데, 산뜻하고 아름다운 평소의 이미지와 잘 맞아떨어졌다.

그밖에도 나이키에서 제시한 조건은 다음과 같다.

—두 선수의 전용 의류 및 테니스화 라인 생산.

—네 개의 메이저 대회에 맞춰 항시 다른 디자인 제작.

우승 시마다 주어지는 대회의 상금을 제외하고 따로 포상을 지급한다거나, 계약금을 갱신할 수 있다거나 하는 자질구레(?)한 돈 문제를 제외하면 나이키에서 제시한 조건은 실로 파격적이었으나, 영석과 진희의 가치는 그 이상으로 평가되었기에 결코 누구도 손해 보는 계약은 아니었다.

라켓과 스트링을 제외하면 상대적으로 제시할 수 있는 것이 적은 바볼랏은 선수의 기분을 살리는 쪽으로 조건을 제시했다.

—영석의 이미지를 살린 Pure Black 모델 개발 및 라인 확대.

—진희의 이미지와 어울리는 Pure White 모델 개발 및 라인 확대.

기존의 Pure Storm 모델을 쓰고 있는 영석과 Pure Drive 모델을 쓰고 있는 진희는 자신의 얼굴을 내걸고 새로운 라켓 라인을 책임지게 되었다.

"뭐, 당연한 거지만."

박정훈이 선수들을 대신하여 으스댄다.

나이키, 바볼랏… 이 모든 계약은, 현존하는 모든 테니스 선수 중에 가장 거대한 규모의 계약이었다. ATP와 WTA를 호령하고 있는 황제와 여제에게 실로 어울리는 계약임에 틀림없다.

이미 나이키와 바볼랏에서 기자회견을 따로 열어 계약 사실을 공표한 상황이라 대외적으로 알릴 수 있는 것들은 이미 전세계 스포츠 팬들에게 알려졌다.

"감사한 일이죠."

지금까지도 돈 문제에 대해서는 평생 걱정을 할 필요가 없었던 영석과 진희였지만, 보다 나은 대우를 해준다는 것에 기분이 안 좋을 수는 없었다.

"정말 검사 때려치우고 아들내미 따라다녀야 할까 봐."

한민지가 정색을 하자, 이현우가 손을 훼훼 저으며 어림없다는 듯 말한다.

"사시 준비할 때를 생각해. 피똥 싸면서 노력했는데 뭘 때려쳐. 더 높이 올라가서 아들 서포트해 줄 생각을 해야지."

어렸을 때 부모의 인생을 건 '투자'가 생각난 것인지, 영석이 빙긋 웃더니 침착하게 말했다.

"더 쉽게 시합에 집중할 수 있는 것만으로도 됐어요. 부모님도 자신의 인생을 사셔야죠. 대한민국 최고의 검사! 제가 서포트해 드릴게요."

"기특해라!"

진심으로 그러했다.

뭘 이뤘다는 실감보다는, 한없이 깊고 깊은 자신의 열망을
채우는 것이 중요한 영석에겐 계약이야 시합에 지장만 없으면
상관이 없었다.

"......"

그 열기에 전염됐을까.

천문학적인 액수와 입을 다물지 못할 계약 조건에 들썩이던
공기가 진하게 농축된 듯 일렁이며 가라앉았다.

Chapter 84

벼랑 끝에 몰린
한국을 구하라

"이, 이제 직장에 진득하게 좀 있으세요……. 이모도 그래요. 아니, 한국 최고의 병원 외과의가 이렇게 여유가 있단 말예요?"

부모님과 일행을 배웅하는 길.

영석이 걱정스럽다는 어조로 말을 했지만, 셋은 요지부동이었다.

화자와 청자 모두 말의 의미를 곡해했는데, 신기하게도 의미는 일치했다. 그 의미는 '몸 조심히 잘 가세요.', '오냐.'를 뜻했다.

"잘 가마. 너도 훈련 조심히 하고. 파키스탄 애들한테 세계 1위의 위엄을 보여줘."

"걱정 마. 이제 2003년도 끝났으니까, 우리도 본격적으로(?) 일해야지. 얼른 다 끝내고 한국 와. 태수도 봐야지."

이현우가 상큼하게 웃으며 영석의 머리를 마구 헤집는다.

그 뒤를 이어 최영애가 한마디 하자 영석의 눈에 이채가 깃든다.

"태수 잘하고 있죠?"

"종종 소식을 듣는데, 무서울 정도라는데? 휠체어 테니스에선 제2의 이영석이라는 소리가 벌써부터 나오고 있대."

영석이 빙긋 웃었다.

만족스러움과 뿌듯함이 보인다.

'아무렴. 태수 정도면 세계 톱에 설 선수지.'

"가서 또 훈련이라니… 너답지만, 항상 몸조심해."

한민지는 영석을 안아주려다 도리어 품에 안기고는 애틋하게 영석의 팔뚝을 쓰다듬었다.

최영애는 한 발자국 물러나서 주섬주섬 가방에서 뭘 꺼내고 있었다.

"짠! 난 이 사진들로 초대형 액자를 요청했지! 움하하!"

갈수록 푼수기가 심해지는 게, 진희와 그룹을 결성해도 될 정도로 쾌활한 모습을 보이는 최영애가 영석에게 사진을 보여줬다.

"…나중에 트로피도 하나씩 더 본떠서 장식하실래요?"

"그것도 최고지! 전 세계에 나보다 멋진 집무실을 가진 의사가 있을까!"

최영애의 발랄함 때문일까.

영석은 기분 좋게 부모님과 최영애를 배웅할 수 있었다.

"오늘은 평소보다 얼굴이 더 좋네?"

부모님을 보내느라 눈이 퉁퉁 부은 진희를 향해 영석이 짓궂게 말을 걸자, 진희의 볼이 빵빵하게 부풀어 올랐다.

"으… 놀리는 건 내 역할인데……!!"

"뭐? 하하!"

되레 한 방 먹었다는 듯 영석이 웃자 진희가 냉큼 다가와 영석의 등짝을 손바닥으로 가볍게 쳤다.

"으으… 또 헤어져야 한다니."

"그러게. 그래도 이번엔 금방 또 보니까. 아참… 방심하지 말고."

영석의 목소리가 낮게 깔리며 진중해지자 진희가 히ー 하며 웃는다.

"어디 내가 그러는 거 봤어? 깔끔하게 마무리할 거니까 걱정 마."

진희는 독일로 가 'Sparkassen Cup'에 참가할 예정이었다.

데이비스컵과 같은 개념의 Fed Cup에서의 한국은 조 3위로 본선에 진출하지 못했기 때문이다. 그러나 다행스럽게도(?) 3위라는 성적은 강등과는 거리가 멀었다. 착실하게 랭킹 포인트를 얻을 수 있는 시간을 번 것이다.

"그래, 믿어. 도쿄에서 보자."

영석은 파키스탄에서 일정을 끝내고, 바로 도쿄로 가고, 진희도 독일에서의 대회 이후 바로 도쿄로 간다. ATP/WTA모두 도쿄에서 제법 큰 규모의 '재팬 오픈(Japan open)'이 열리기 때문이다.

"응."

진희가 대답하며 영석의 품을 파고들었다.

드르륵—

"저도 이제 여기가 편하군요."

캐리어를 두 개 끌면서 어깨에는 가방을 잔뜩 짊어진 강춘
수가 드물게 먼저 말을 건넨다.

영석이 할 수 있는 건 자신의 테니스 백 정도를 드는 것뿐이
었다.

"그나마 조금 가까워서 확실히 좋아요."

US 오픈이 열린 뉴욕과 플로리다는 약 네 시간 정도의 비행
으로 이동할 수 있는 거리였다. 같은 미국이었기 때문에 누릴
수 있는 호사(?)였다.

"샘이 오네요."

영석은 저 멀리서 엄청난 속도로 뛰어오고 있는 샘을 향해
손을 번쩍 들었다.

*   *   *

세계에서 관리가 좋기로 유명한 잔디 코트를 꼽는다면 반드
시 세 손가락 안에 꼽히는 TAOF의 잔디 코트는, 영석을 실망시
키지 않았다.

쾅!!

듣는 것만으로도 온몸이 저릿저릿해지는 영석의 서브가 잔디를 비산시키며 맹렬하게 꽂혀든다.

"역시……."

강춘수가 나지막이 감탄을 했다.

진희를 따라간 최영태 덕분에 영석을 전면적으로 서포트하고 있는 강춘수는 아예 차림부터가 스포츠 웨어였다.

선수도 아니면서 영석의 서브가 무섭지도 않은 것인지, 듀스 코트 베이스라인에 멀뚱히 서 있는 강춘수의 뒤로 공이 수십 개 굴러다니고 있었다.

그는 한 손에는 메모지를 들고, 남은 한 손으로 침착하게 기계 하나를 조작하고 있었다.

"어때요?"

영석이 네트로 다가와 묻자 강춘수가 성실히 답했다.

메모장을 들어 올리자, 보기만 해도 현기증이 나는 빼곡한 글씨들이 흰 면을 새까맣게 물들이고 있었다.

"우선, 인으로 꽂힌 서브의 평균 속도를 말씀드리자면, 236.8㎞/h입니다. 말씀하신 대로 짧게 떨어지는 서브의 경우, 성공 확률은 약 65%정도로 하락하지만, 속도는 239.2㎞/h로, 오히려 평균 속도를 웃돕니다."

칼로비치와 로딕, 그리고 영석.

현존하는 최고의 서버 세 명의 차이는 무엇일까.

영석 스스로는 속도보다 구질과 코스 선택의 차이라고 생각한다.

셋 중 가장 빠른 서브를 구사하는 칼로비치는 길게 쭉쭉 뻗어나가는 구질의 서브다. 좌우로 넓게 벌어지는 경우가 많다.

로딕은 탄력적인 서브를 구사하기 때문에, 짧은 코스에서 더욱 위력적이다. 절대적인 속도는 칼로비치에게 뒤질 수 있지만, 리터너에게 시간을 뺏는 의미를 더한다면, '최고속'의 서브는 로딕의 차지다.

영석의 경우는 이 둘보다 압도적으로 우수한 퍼스트 서브 성공률을 보인다. 거의 80%근처를 기록하고 있는 이 성공률이 뜻하는 바는 '정교함'이다. 이 정교함이 230대의 속도와 만나 시너지를 일으켜 게임을 유리하게 이끌고 간다.

여기에 덧붙여, 영석은 로딕의 장점을 흡수하려 부단히 노력 중이었다.

폼을 바꾸는 건 엄청난 리스크이기도 하고, 무엇보다도 불필요한 행위이기 때문에 논외로 치고, 타점 또한 어긋나면 안 되기 때문에 의식하지 않았다.

딱 하나 의식해야 할 것은, '사고(思考)'다.

—공간을 입체적으로 떠올려, 좌표값을 새로 정한다.

사실은 '저쪽으로 보내야겠다'는 아주 단순한 생각이다.

기존의 알고리즘에 위와 같은 단순한 생각 하나를 추가하는, 아주 사소한 변화부터 차근차근 성장을 꿈꾸고 있는 것이다.

지금의 훈련은 이를 위한 것이고 말이다.

"···아무것도 하지 않으면 성장은 없죠."

"좋은 말씀입니다."

US 오픈까지 우승을 한 후, 영석은 많은 생각을 했었다.

세상은 유동적이게 마련이고, 변화의 연속이기도 하다. 원래의 역사와 회귀 후의 역사를 비교하자면 제법 많은 것들이 변하고 있었다.

그중에서도 영석이 염려하고, 한편으로는 기대하고 있는 것이 있다.

─선수들의 전반적인 기량 향상.

테니스계의 판도가 자신을 기준으로 바뀌고 있다는 것을 영석은 잘 알고 있었다.

이제 선수들은 영석을 목표로 삼고 연마에 연마를 거듭할 것이다. 그리고 이는 필연적으로 5~10년은 더 빠른, 선수들의 기량 향상을 이끌어낼 것이고 말이다.

'머물러 있으면, 뒤쳐진다.'

도전자의 위치와, 지금의 입장은 천지 차이.

어느새 다시 베이스라인으로 돌아와 바구니에 그득 쌓인 공을 집어든 영석의 눈에 정광이 어른거린다.

*   *   *

파키스탄 라호르(Lahore, Pakistan).

관광지로도 나쁘지 않은 이 도시에 도착한 영석은, 픽업을 나와 있는 사람을 보고 깜짝 놀랐다.

"감독님!"

자연스럽게 빨라지는 걸음에 쫓아오던 강춘수도 덩달아 바삐 움직였다.

"왔어?"

　자신의 앞까지 바쁘게 다가와 꾸벅 허리를 숙여 인사를 하는 영석을 따뜻한 눈으로 지켜본 김태진이 영석의 손을 잡고 살갑게 맞았다.

"여기까지 나오실 것까진……."

　오십 줄을 훌쩍 넘은 김태진은, 중년의 나이임에도 탄탄한 몸을 유지하고 있었다.

　몸에 지방이 없다는 것이 느껴지는, 주름이 선명한 얼굴을 한 김태진은 황망한 얼굴을 거두지 못하는 영석에게 따뜻한 어조로 말했다.

"네가 와서 얼마나 다행인지 모른다. 아참, US 축하한다!"

　눈가에 자리한 세 줄기의 주름이 멋들어지게 휜다.

　그 따뜻한 말에 영석은 가슴이 뜨끔해지는 걸 느꼈다.

'…내가 너무 내 생각만 했나…….'

　물론, 다시 그때로 돌아간다면 몇 번이고 불참을 선택할 것은 틀림없다.

　하지만 초췌한 안색의 뒤로 엿보이는 김태진의 초조함이 영석의 죄책감을 자극했다.

"…감사합니다. 늦게 와서 죄송합니다."

　자연스럽게 영석의 입에서 사죄의 말이 흘러나온다.

　김태진이 의외라는 듯 눈을 크게 뜨더니 이내 호탕하게 웃는다.

"하하! 괜찮아. 지금이라도 와줘서 고맙지. 자, 일단 숙소부터 가자구나."

"안녕하십니까!"

숙소에 짐을 풀고 옷을 갈아입은 후, 곧장 국가 대표팀이 연습하고 있는 곳으로 향한 영석은, 입구가 지나기 무섭게 큰 소리로 인사를 했다.

팡! 팡!

연습을 하고 있던 이형택과 고승진이 랠리를 멈추고 영석에게 다가온다.

"여! 승승장구하는 우리 후배님. 자랑스러운 이영석!!"

고승진이 구김 없는 표정으로 영석의 등을 팡팡 친다. 이형택도 조용한 미소를 지으며 영석을 반겼다.

"오는 데 오래 걸리지는 않았어? US 우승 축하한다!"

조금은 싸늘한 반응이 있을 거라 예상했던 영석이지만, 고승진과 이형택은 속이야 어떻든 그런 기색을 내비치지 않았다.

"…감사합니다!"

영석은 정중히, 그러나 비굴하지는 않게 인사를 하며 자연스럽게 대표 선수들과 담소를 나누었다.

"어, 왔냐?"

이재림이 멀리서 터벅터벅 걸어오고 있었다. 훈련을 얼마나 열심히 했는지, 발목까지 올라오는 양말이 다 젖어 있을 정도였다.

이제는 명백히 한국 남자 테니스 No.2에 자리한 이재림은, 그새 어딘지 모르게 늠름해진 얼굴이다.

"그래."

영석이 간단하게 인사를 받는 사이, 김태진이 선수들을 향해 외쳤다.

"자, 모이자!"

'진희가 족집게네.'

앉아서 설명을 듣고 있는 영석은 진희를 떠올리며 살짝 미소를 머금었다.

"…이상, 이번 파키스탄전은 이와 같은 순서로 임한다."

"네!"

김태진의 말에 네 명의 선수들이 기합이 들어간 대답을 한다. 보드엔 이렇게 적혀 있었다.

—1단식 이영석 2단식 이형택
—복식 고승진, 이재림
—1단식 이영석 2단식 이형택

3일에 걸쳐 펼쳐지는 이번 일정의 스케줄이다.

영석은 진희의 예상대로 단식 1번을 받고 첫날과 마지막 날에 먼저 경기에 나선다.

단식 2번은 이형택이다.

김태진 감독은 2단식 자리를 두고 이재림과 이형택을 저울질했지만, 결국 잔디라는 특수성에 의거하여 그래도 경험이 월

둥히 많은 이형택을 택했다.

"복식도 좋아해요, 전."

이재림은 의외로 복식을 배정받고 좋은 반응을 보였다.

"…언제부터 좋아했냐, 너."

영석이 조용히 묻자, 이재림이 답했다.

"브라이언 형제랑 붙었을 때부터."

"……!!"

이재림은 패배의 기억을 긍정적으로 해석하고 있었다.

놀란 영석의 얼굴에 대고, 이재림이 말을 이었다.

"언젠가는, 아니 이렇게 말하면 우습지. 3년 안에 너랑 나랑 메이저 복식 우승도 한번 해보자."

"…그래."

그 호기로운 패기에 영석은 피식 웃으며 응대할 수밖에 없었다.

"자자, 이제 확실히 정해졌으니까, 저녁 먹고 마무리 훈련 들어가자."

김태진 감독이 박수를 치며 이날의 회의를 모두 마쳤다.

"내년엔 풀(full)로 참가하겠네?"

식당으로 향하는 와중에 이형택이 조심스럽게 말을 건넨다.

영석이 가볍게 웃으며 답했다.

"물론이죠, 선배님. 이제 투어 일정 겨우 적응 끝냈어요. 무리 없습니다."

"오! 장난 아닌데? 역대 최초 본선 진출하는 거 아냐?"

옆에서 영석의 말을 들은 고승진이 화색을 하며 대화에 끼었다.

말뿐이 아닌지, 얼굴엔 설렘과 흥분이 자리하고 있었다.

"넌 애도 아니고……"

이형택이 고승진을 바라보며 가볍게 혀를 찼다.

하지만 자신의 얼굴에도 설렘으로 가득한 분홍빛이 돌고 있다는 것을, 이형택은 눈치채지 못했다.

"……"

영석은 그런 둘을 빙긋 웃으며 바라보고 있었다.

본선 진출이 걸린 것도 아니고, 단순히 강등권을 면하기 위한 시합을 앞두고 있지만, 대표팀 선수들을 감싸고 있는 분위기는 확실히 힘이 넘치고 있었다.

*   *   *

9월 18일.

19일부터 열리는 대회를 앞두고, 대한민국 대표팀은 실로 엄청난 관심을 받고 있었다.

"그나마 우리 기자들이 도의는 지켜줘서 다행이다."

김태진 감독이 피로로 까맣게 물든 낯을 손으로 쓸어내리며 푸념한다. 여기저기서 쏟아져 오는 인터뷰 요청과 촬영 등이 신경 쓰인 탓이다.

"감독님, 그래도 좋게 생각하세요. 사진 하나 없이 딸랑 몇 줄짜리 기사 나가는 것보다야 훨씬 낫잖아요."

관심을 가져주는 게 기꺼운 모양인지, 큰 덩치로 고승진이 너스레를 떨자 김태진의 얼굴에 가벼운 미소가 매달린다.

"그래, 모처럼의 관심이니, 그렇게 생각하면 좋을 것도 같구나."

"……"

한편, 차분한 표정을 짓고는 있지만, 자신으로 인해 이런 사태(?)가 벌어진 것 같아 내심으로는 불편함을 계속해서 느끼고 있던 영석은 속으로 박정훈을 찬양하고 있었다.

'역시 박 기자님이야……'

김태진 감독의 골을 아프게 한 관심.

실상은 이렇다.

영석이 파키스탄에 머물고 있으면서 데이비스컵을 준비하고 있다는 공식 일정이 퍼지자 아시아는 물론이고, 전 세계의 언론이 잠시나마 '데이비스컵'에 맞춰진 것이다. 본선도 아니고 강등을 건 대전이었지만, 언론의 관심은 폭발적이었다.

특히 한국, 일본의 언론과 파키스탄 언론은 앞다투어 영석의 행보를 전했다.

'뭐가 그렇게 중요하다고……'

영석은 이해를 못 할 노릇이었지만, 프로다운 대처를 할 수밖에 없었다. 도리에 어긋나지 않고, 절차를 지켰다면 대부분의 관심에 응대를 해준 것이다.

그렇다.

이 관심은 오롯이 '이영석'이라는 선수에게 초점이 맞춰진 것이다.

'다른 사람 눈치가 보이기는 또 오랜만이네.'

상대적인 박탈감을 줄 정도의 관심이 오직 영석에게만 맞춰져 있어서, 영석이 조금 걱정을 할 때, 그 균형을 맞춰준 것은 역시나 한국의 언론들이었다. 특히 〈테니스 매거진 코리아〉의 박정훈은 오히려 이재림과 이형택, 고승진에게만 포커스를 맞추기도 했다.

그것도 모자라 김태진 감독을 비롯해 대표팀 선수들이 2002년 부산 아시안 게임에서도 엄청난 활약을 했다는 사실을 끄집어내, 테니스라는 개인 종목에 '국가 대표'라는 프레임을 씌우며 짜임새 있는 기사를 작성하기도 했다.

'그것만이 아니었지.'

〈테니스 매거진 코리아〉의 위상보다도 더, 박정훈의 영향력은 크다.

특히 한국 테니스에 관해 그는 최고참이며, 가장 왕성한 활동을 하고, 양질의 기사를 쏟아내기로도 유명하다.

그런 박정훈이 반장 역할을 자처하며 몰려드는 관심을 적당히 컨트롤해서, 선수들의 훈련 등에 방해가 되지 않는 선까지 만들어 놓았다.

*　　　　　*　　　　　*

9월 19일.

드디어 파키스탄과의 대전이 시작되었다.

"꺄아아아!! 여기 좀 봐줘요~!!!"

"이영석!!!"

코트에 들어선 순간, 영석을 환호하는 엄청난 소리가 쏟아져 들어왔다.

대부분 파키스탄 사람들인데, 자국의 선수를 응원하기보다 영석의 얼굴을 보는 것이 목적인 듯했다. 세계적인, 그야말로 독보적인 위치에 서 있는 선수를 직접 보고 싶은 것이다.

메이저 대회의 센터 코트에 비하면 시설도, 규모도 조족지혈에 불과했지만, 관중들의 관심만큼은 그에 못지않았다.

"……."

침묵하는 영석에게 다가온 이재림이 장난스럽게 말을 건다. 자기가 대신 손을 흔들어주기까지 했다.

"캬, 슈퍼스타, 월드 스타는 이런 기분이겠구나."

"주접 그만 떨고 가만히 있어."

영석이 으르렁거리며 이재림을 말렸지만, 이재림은 개의치 않았다.

"손 한 번은 흔들어줘라, 야. 다 너 보겠다고 온 사람들인데, 우리 눈치 볼 필요 있어?"

"……."

백 번, 천 번 맞는 말이었다.

영석은 가볍게 손을 들어 환호에 응해줬다. 그 순간…….

"와아아아아!!!"

쩌렁쩌렁한 소리가 영석의 몸을 뒤흔들었다.

"!!"

어디서 그렇게 소리 지를 힘이 나오는지, 신기할 따름이었다.

"뭐 해. 가자."

영석보다 더 놀란 이재림이 그 자리에 못 박은 듯 움직이고 있지 않자, 영석이 등을 툭 쳐주며 말했다.

환호는 다른 의미로는 부담이 된다.

―네가 그 유명한 이영석이구나.

―어디 한번 얼마나 잘하는지 보자.

이런 관중들의 부담을 짊어지고, 1단식에 등장한 영석은 일견 침착해 보였다.

"!@%$!@$!@$"

데이비스컵은 여타 다른 테니스 대회와는 다른, 독특한 특징이 하나 있다.

바로 응원 에티켓이 조금 느슨하다는 것이다.

물론, 랠리가 진행될 때는 침묵을 지키지만, 그 외의 상황에서는 노래도 부르고, 소리도 지를 수 있다.

'보자.'

그러거나 말거나.

영석은 코트를 밟은 그 순간부터 집중을 하기 시작했다.

툭툭—

발끝을 세워 코트를 두들겨 본다.

'역시……'

윔블던과 TAOF에 비하면, 조금 수준이 낮은 잔디 코트였다.

아무래도 매년 사용은 하다 보니 관리는 어느 정도 되어 있지만, 그뿐이었다.

'조금 수정해야겠군.'

잔디의 특징이 무엇인가.

바운드가 낮게 되며 바운드 이후의 속도가 빠르다는 것이다.

이 코트는 그 특성이 비교적 미진하게 나타날 것을 예상한 영석은 머릿속으로 차분히 전략을 수립했다.

위잉—

집중력을 끌어올리자, 귓가를 때리던 소음이 단박에 사라져 버린다.

눈에 들어오는 것은 네트 건너편에 있는 상대방뿐.

"……"

전광판에 시선을 두어 이름을 훑어본 영석이 고개를 한차례 끄덕이고는 완전한 '시합 모드'로 몸과 정신을 세팅했다.

콰앙!!

언제나 그렇듯, 영석의 서브는 상대를 가리지 않고 위협적으로 짓쳐든다.

쿵!

"포티 러브(40 : 0)!"

심판의 선언과 함께 파키스탄 선수의 안색이 하얗게 물든다. 표정이 돌덩이처럼 단단하게 굳어 있다. 그와 반대로, 관중들의 비명 또한 하늘을 찌르듯 높아진다.

'긴장도 하고 놀라기도 한 걸 스스로 인지하면서 한편으로 부정하고 있군. 모순이 관자놀이를 타고 들어오는 게지.'

영석의 서늘한 눈초리가 뱀처럼 파키스탄 선수의 온몸을 훑는다.

이제 세 번째 서브가 지났을 뿐이다.

리턴은 언강생심 꿈도 못 꾸고, 타이밍을 못 맞춰 그저 몸을 움찔움찔 떨기에 바쁜 이 선수의 역량은 영석을 상대하기엔 너무나도 부족했다.

'세 게임. 세 게임 안에 결정짓자.'

영석의 시선에 압도된 것일까.

얼굴만 하얗게 물들었던 상대는, 온몸이 뻣뻣하게 굳는 것 같은 기분을 느꼈다.

마치 고양이 앞에 선 생쥐처럼 말이다.

*   *   *

짝!

손을 들고 대기하고 있는 이재림을 본 영석이 피식 웃고는 하이파이브를 했다.

"고생했어."

"고생은 무슨……."

건네받은 수건으로 가볍게 얼굴을 쓸어내린 영석이 물끄러미 손에 들린 수건을 바라봤다.

'따가워라…….'

땀이 얼마나 나지 않았는지, 수건의 결이 얼굴을 따갑게 만들었다.

"야, 이 정도면 거의 폭행 아니냐, 폭행."

이재림이 한마디 하며 전광판을 향해 고갯짓한다. 영석의 고개도 전광판을 향한다. 그곳엔 1시간 30분 정도 소요된 5세트 경기의 결과가 새겨져 있었다.

6 : 1, 6 : 0, 6 : 0.

전광판을 아름답게 수놓고 있는 스코어였다.

압도. 그에 더해 또다시 압도.

상대가 너무나 불쌍할 정도로 영석은 시종일관 압도적인 테니스를 선보였다.

"뭐 하는 거야!"

"좀 뛰어봐!!"

처음에는 환호하던 관중들도 슬슬 자국의 선수가 일방적으로 당하기 시작하자, 부아가 치밀어 올랐는지, 파키스탄 선수에게 엄청난 야유를 퍼부었다. 파키스탄 선수단이 머물고 있는 벤치에서도 호통과 고함이 날아왔다.

그렇게 한차례의 야유가 쏟아지고, 이제 당근을 줄 때가 됐다는 듯 모두가 한 포인트, 한 포인트마다 절절한 응원을 하기 시작했다.

파키스탄 선수는 자신의 뺨을 가혹하게 느껴질 만큼 강하게 몇 대 때리더니 3 : 0에서 자신의 서브 게임을 한 게임 킵했다. 그것은 그야말로 파도에 등이 떠밀듯, 사람의 능력을 확장시킨 응원 덕분이었다고 할 수 있다.

콰앙!

그러나 그 희망의 불씨가 잔혹하게 짓밟히는 데는 불과 1분도 채 소요되지 않았다.

모든 랠리를 5구 내로 끝나게 만드는 영석의 압도적인 공격력이 장내를 얼음장처럼 얼어붙게 만든 것이다.

쾅!

누구와의 비교도 불허하는, 빠르고 정교한 서브가 불을 뿜는다. 혹시나 운이 좋아 받아내게 되면, 빈 곳으로 빠르고 강하게 보내는, 이른바 '3구' 전략이 영석의 서브 게임 내내 이어졌다. 랠리가 너무나 짧고 빠르게 이어져서, 구기 종목임에도 박력이 넘쳤다.

상대의 서브 게임은 상대적으로 더욱 비참했다.

펑!!

센터마크와 아웃 라인 사이 정 가운데에 발을 디딘 영석은 200㎞/h가 채 되지 않는 상대의 서브를 무자비하게 받아쳤다.

쾅!!

과장 좀 보태면, 서브보다 더욱 빠른 리턴이 코트를 크게 가로지르며 아름다운 직선을 그려댔다. 상대 선수는 계속해서 공을 쫓아다니며 어떻게든 공격권을 갖고 오고자 했지만, 부질 없는 노력이었다. 그 공격력에 어떻게든 버티고자 했던 상대 선수는 1세트가 6 : 1로 끝나자 고개를 숙이며 눈물을 흘렸다. 그야말로 분루(憤淚)였다.

"……."

그 처연한 모습에 코트는 어색한 침묵과 거친 호흡으로 가득 찼다.

대표팀 동료들과 김태진 감독 또한 목소리를 크게 키우지 않았다. 코트장 안에는 무언가가 폭발하기 일보직전인 것 같은 느낌이 가득했기 때문이다.

"하나부터 열까지… 모든 게 차원이 다릅니다."

"…왜 나는 상대가 불쌍하게 느껴질까."

"……."

그저 자기들끼리 조용히 소곤거릴 뿐이었다.

콰앙!!

하지만 영석은 무자비했다.

코트 안과 밖의 경계는 여전히 집중력에 의해 견고하게 유지되고 있었고, 영석은 그 무엇도 신경 쓰지 않은 상태로 자신의 승리를, 팀의 승리를 위해 할 수 있는 최선의 플레이를 펼쳤다.

그 결과, 2, 3세트 6 : 0, 6 : 0이라는 충격적인 스코어가 전광판에 아로새겨졌다.

폭동을 일으킬 것처럼 웅크리고 있었던 관중들의 분노는, 그쯤 되자 아연한 감탄으로 오롯이 남아 있었다.

—짝짝짝…….

쏟아지는 박수는 영석과 파키스탄 선수 두 사람 모두에게로 향했다.

"선배님, 파이팅입니다."

영석이 경기 준비를 하고 있는 이형택을 향해 말을 건넸다. 다소 긴장한 듯한 표정의 이형택은 영석을 한 번 보고는 빙긋 웃었다.

"오늘만큼은 널 볼 때 부끄럽지 않았으면 좋겠다."

"…무슨 말씀을……."

영석이 차마 이형택의 눈을 마주하지 못하고 고개를 살짝 돌리자, 김태진 감독이 다가와 이형택에게 말했다.

"믿는다."

"네."

오랫동안 이어온 감독—선수의 관계.

많은 말이 필요 없었고, 모자란 말은 눈빛 안에 다 녹아 있었다.

"다녀오세요~!! 선배님 때는 올 스탠딩 응원입니다!"

이재림이 팔을 붕붕 돌리며 말하자 이형택이 피식 웃는다.

탁—

영석이 차갑게 얼린 대기 때문일까.

코트 안으로 발을 넣어본 이형택은 서늘한 한기가 발끝부터 치밀어 오르는 것을 느꼈다. 세계 최고의 플레이어가 한차례 휘저은 곳에 발을 디디는 것은, 경험이 많은 이형택에게도 생소한 느낌이었다.

'이겨내야지.'

늘 앞서 나가다 못해, 이제는 평생을 노력해도 닿을 수 없는 곳까지 나아가 버린 후배에게 그나마 멋진 등을 보이기 위해서라도, 이형택은 결코 질 수 없었다.

반드시 이길 것이라는 이형택의 의지가, 조금씩 대기를 데우고 있었다.

*　　　*　　　*

"…지금 잘하고 있어. 다 좋아, 좋은데… 포핸드에서 평소의 날카로움이 없잖아. 과감하게 찔러. 오늘 컨디션 봤을 때 찔러도 다 들어갈 거야."

"저도 그 부분은 아는데, 크로스로……."

김태진 감독이 목에 핏대를 세우며 소리를 지르듯 이형택에게 말을 쏟아낸다.

이형택도 고개를 끄덕이며 중간중간 추임새를 넣는다.

"!@$!@$!%$^!"

관중석에는 의미 모를, 알아들을 수 없는 응원가가 퍼지고 있었다. 얼마 되지 않은 수이지만, 한목소리로 노래를 부르니

묘하게 심장을 자극한다.

쿵쾅쿵쾅…….

혈류가 빨라지고 시야에 모든 것들이 또렷하게 맺힌다. 단지 관전하는 것뿐이지만, 엄청난 고양감이 전신을 휩쓴다. 사람의 몸은, 그 격랑(激浪)에 저항할 수 없다. 이 순간, 팀은 하나의 몸뚱이였고, 김태진과 선수들은 모두 그 몸을 이루는 부속물이 되었다.

"……."

자신의 몸 안팎으로 울리는 엄청난 소음들이 영석에게서 현실감을 앗아간다.

단지 벤치에 앉아 있을 뿐인데 격렬하게 움직이고 싶다는 충동이 인다. 그것은 식욕과 성욕, 그리고 수면욕을 아득하게 웃도는 엄청난 욕구였다.

아무도 모르게 제자리에서 꿈틀대던 영석을 뒤로하고 김태진과 선수들은 막간을 이용한 회의에 몰두한다.

"…네! 아, 상대 백핸드가 좋아요. 특히 스트레이트가 예술인데……. 지금까지 들어왔던 공 보면 제가 공격을 거는 타이밍에 카운터를 걸고 있습니다."

"형이 거기서 백핸드로 응수해야 해. 뛰면서 친다는 느낌으로. 쭉— 내리깔아서."

"선배님이 백핸드가 더 우위에 있습니다. 저 선수는 크로스로 줄 때는 어딘지 모르게 조금 아쉬워요. 상대가 스트레이트에 강하다지만, 평범하게 형한텐 포핸드로 오는 거잖아요. 제 생각엔······."

이형택이 거친 숨과 말을 동시에 내쉬자 득달같이 선수들이 조언을 쏟아붓는다.

엄청나게 빠른 템포로 이어지는 조언들, 긴장감으로 뜨겁게 물든 공기······. 마치 테니스가 아닌 것 같았다. 프로 농구나 프로 배구 등의 중계방송에서나 볼 법한 장면, 그것이 테니스 코트 위에서 일어나고 있는 것이다.

이 모든 것들이 영석은 익숙하면서도 신기하기만 했다. 뜨겁게 흐르는 땀 위로 차가운 소름이 돋았다. 마음 한구석에서 일어나는 그리움에 몸서리가 쳐진 것이다.

'예전에는 늘 이랬지······.'

대표팀의 맏형으로서 어지간한 코치들보다 대표팀의 모든 선수들에 대한 정보를 많이 꿰고 있었다. 선수들 또한 신화적인 커리어를 이룩한 영석에게 기대하는 것이 많아서, 영석은 현역 시절에도 이미 반은 감독의 역할을 했었다. 그 역할은 단순히 패럴림픽 등의 국제경기뿐 아니라, 평범한 투어 일정에서도 적용됐다.

끈끈하다면 끈끈할 수 있는 그 모습과 비슷한 지금의 광경이 영석의 명치를 쿡쿡 찌른다.

"······."

눈이 따갑게 아려오기 시작한다. 명료했던 시야가 뿌옇게 흐려지는 기분이었다.

"후, 후우 후, 후우······."

길게 숨을 내쉬어 봤지만, 몇 번이고 털컥거리며 숨결이 멈췄다.

감정이 오락가락 롤러코스터를 타며 급격하게 변화하는 것을 손 놓고 바라보고만 있는 심정이다.

"…그래서 연습했던 대로 장기전으로 끌고 가다가 상대가 카운터를 칠 때, 그것을 잡아먹겠다는 생각으로……."

"네!"

이형택이 힘차게 고개를 끄덕이더니, 홀로 동떨어진 것 같은 영석을 향해 시선을 돌렸다.

"……!"

너무나 뜨거운 그 시선에, 영석은 괜히 몸을 한 번 떨었다.

"후배님, 조언 좀 해줘. 개폼은 다 잡았는데, 이러다가 내가 지면 무슨 개쪽이야."

"풉……! 아, 죄송합니다."

너무나 어울리지 않는 이형택의 넉살에 영석의 입에서 경망스러운 웃음이 새어 나왔다.

재빨리 안색을 정리한 영석이 벌떡 일어나 말을 쏟아내며 걸음을 옮겼다. 그 걸음은 꽤나 가볍게 보였다.

*   *   *

6 : 4, 6 : 2, 5 : 7, 4 : 6, 6 : 2.

두 번째 경기이지만, 첫날의 마지막 경기이기도 한 2단식은 엄청난 혈전이었다.

관중들의 헌신적인 응원, 따발총같이 지시를 쏟아내는 벤치, 호각을 이루는 두 선수의 훌륭한 플레이… 끓어오르다 못해 넘치는 기이한 열기가 코트를 잠식했고, 두 선수는 본인의 기량 이상의 플레이를 보이며 그야말로 접전을 펼쳤다.

구어오오오—

경기는 끝났지만, 코트는 아직도 식지 않은 엄청난 열기로 인해 기묘한 웅성거림을 자아내고 있었다. 그 광경과 그 분위기를 온몸으로 만끽하고 있는 영석은, 조금은 불필요한 회한에 빠졌다.

'확실히 난 조금 재미없는 선수인지도.'

팬 서비스랄까.

아니면, 사람을 미치게 만드는 매력이랄까.

디디고 있는 위치가 높아지면 높아질수록, 자신의 플레이가 흥분보다는 경외(敬畏)의 영역이 되어가고 있다는 것을, 영석은 잘 인식하고 있었다.

방금 전의 1단식 때를 떠올려 보면 명백하게 드러난다.

수준 차이가 심했다지만, 스포츠라기보다 사냥, 혹은 폭력에 가까운 느낌을 주는 것이 영석의 테니스다. 정밀하기 그지없어 차가운 인상을 주는 것 또한 영석을 '같은 영역'이 아닌 것으로 인식하게끔 만든다.

동양인임에도 전 세계 모든 이들에게 사랑받는 진희와는 극명하게 반대되는 성질이다.

'뭐, 다 떠나서 나란 사람은 원래 그랬으니.'

휠체어 때도 마찬가지였음을 떠올린 영석은 가볍게 웃으며 아쉬운 점(?)을 털어내고는 벤치로 돌아오는 이형택을 마중 나갔다.

짝—

짝, 짝! 짝!

김태진 감독, 영석, 이재림, 고승진… 모두와 하이파이브를 한 이형택이 벤치에 주저앉으며 너스레를 떨었다.

"휴우… 간신히 체면 차렸네."

사실은 체면 따윈 생각지도 않았을 것이다.

그것을 생각했다면, 이와 같은 접전에서는 분명 허점을 드러냈을 것이기 때문이다. 그만큼 젖 먹던 힘까지 냈을 게 뻔하지만, 짐짓 여유로운 척하는 이형택의 태도에 모두가 미소 지었다.

"첫날 2승이라……. 분위기가 괜찮구나."

"괜찮다마다요. 이건 뭐… 최고의 스타트죠."

앞으로 남은 건 단 1승.

둘째 날의 복식과 마지막 날의 1, 2단식 중 한 번만 이기면 승리는 대한민국에게 돌아간다.

영석이 있어서 어느 정도는 안심하고 있던 대표팀이었지만, 이형택의 분전은 강등에서 벗어날 것이라는 확신을 심어주게 되었다.

*　　　　*　　　　*

경기가 끝나고, 여지없이 언론의 관심이 대표팀에게로 와르르 쏟아져 내렸다.

당연하게 여겨졌지만, 직접 두 눈으로 봐서 더욱 충격적이었던 영석의 압승도 화제였지만, 단연 이형택의 분전이 기자들에게 많은 관심을 끌었다. 자연스럽게 이영석, 이형택, 김태진 감독 셋이 인터뷰 존에 섰다.

"오늘 승리에 대해 한 말씀 해주시죠."

무려 공중파 3사의 모든 스포츠 기자들이 마이크를 내밀고 있었고, 그 외 언론들까지 셋의 대답을 기다리고 있었다.

"우선, 우리 선수들이 첫날 귀중한 두 개의 승리를 가져다주어 매우 흡족하게 생각합니다. 내일 있을 복식을 펼칠 선수들의 부담감이 줄었다는 것에서 매우 만족스러운 하루였다고 생각합니다."

깔끔하고 흠잡을 데가 없는 김태진의 인터뷰가 끝나고, 이어서 이형택의 인터뷰가 시작됐다.

"무엇보다도 세계 최고의 선수인, 우리 이영석 선수가 대표팀에 합류하게 된 것이 오늘의 승리에 가장 크게 작용한 것 같습니다. 1단식에서 압도적인 승리를 보여 파키스탄 팀에게 충격을 선사했고, 2단식인 저는 상대적으로 편한 마음으로 경기에 임할 수 있었습니다. 접전까지 가긴 했지만, 영석 선수 덕분에 저도 좋은 기운을 받아 이긴 것 같습니다."

말을 마치고 순박하게 웃으며 머리를 긁적이는 모습이 너무나 여유가 넘쳐 보였고, 따뜻해 보였다. 자연스럽게 기자들의 얼굴에도 미소가 감돌았다.

'이런 것도 훌륭한 리더십이지.'

2003년 투어를 돌며 내심 거리감이 생겼다고 판단한 이형택과의 관계가 이제야 2002년 때로 돌아가는 것 같은 기분을 느낀 영석이 자신에게로 향하는 마이크와 카메라에 태연하게 다가가 입을 열었다.

"선배님께서 말씀을 너무 좋게 해주셨습니다. 뒤늦게 대표팀에게 합류하게 되었지만, 따뜻하게 맞아준 감독님과 동료 선수들 덕분에 오히려 제가 많은 힘을 받았습니다. 팀의 승리를 위해, 제가 할 수 있는 모든 것을 다할 것이라는 각오를 말씀드리고 싶습니다."

깔끔한 인터뷰였지만, 눈을 번득이고 있는 기자들은 영석을 놓아주지 않았다.

누가 뭐라고 해도 이영석은 대한민국을 가장 화려하게 빛내고 있는 인물, 그의 인터뷰는 아무리 사소한 것이라도 국민적인 관심을 이끌 것이기 때문이다.

"오늘 경기는 일방적이었습니다. 아시아권에서는 적수를 찾아보려야 찾을 수가 없을 것 같은데… 내년에도 이영석 선수가 데이비스컵에 참가한다면 사상 최초로 본선에 진출할 수 있다는 청사진도 있습니다. 이에 대해 한 말씀 해주신다면……?"

"불러만 주신다면, 가장 우선하여 참가할 것입니다. 그 결과가 본선으로 이어진다고 하면, 굉장히 기쁠 것 같습니다."

여전히 싱거울 정도로 담백한 인터뷰.

하지만 그것만으로도 기자들을 설레게 하기엔 충분했다.

＊　　　　　＊　　　　　＊

"사실은, 내일도 네가 나가면 확실한 승리가 담보된다."

늦은 밤, 영석의 방을 찾은 김태진 감독이 묵직한 한마디를 던지며 대화의 포문을 열었다.

"……."

영석이 아무런 응대를 하지 못하자, 김태진이 살풋 웃으며 말을 이었다.

"오늘 네 경기를 보고 알았어. '아, 이놈은 혼자서도 3승을 하겠구나.'라는 걸. 아마 재림이랑 복식조를 짜서 내일 코트에 들어가면 확실하게 이기고 오겠지. 너흰 대회에서 합을 맞춘 적도 많으니."

확실히 영석은 5세트 경기를 3세트 만에 끝내 버렸다. 그것도 땀구멍 밖으로 땀이 새어 나오기도 전에 말이다.

"…감독님."

무슨 말을 하고 싶은 것일까.

어렴풋이 짐작은 되지만, 감히 앞질러 갈 수는 영석은 않는 소리를 낼 뿐이다.

그런 영석의 사정을 알았을까. 김태진 감독이 빠르게 본론을 얘기했다.

"더 나은 방향이 있다지만, 당초 너희에게 말했던 것처럼 나는 내일 승진이에게 기회를 줄 거야. 내가 염려하는 건, 혹시나 복식조가 패하게 됐을 때, 네가 한 번 더 경기를 치르게 되는 수고를 하게 되는 일이다. 일정도 하루 밀리게 되는 거고."

몸이 재산인 프로의 세계.

아무것도, 그 누구도 경기를 도와줄 순 없다. 오로지 코트 위의 선수 홀로 감내해야 하는 것이 테니스인 것이다.

영석은 따뜻하게 미소 지으며 답했다.

"염려는요. 전 괜찮습니다. 오히려 더 빨리 합류하지 못한 게 아쉬울 따름입니다."

모범생 같은 답변.

김태진 감독은 담담하게 영석을 물끄러미 바라보더니, 푹 쉬라는 말과 함께 밖으로 나갔다.

탁—

문이 닫히는 소리와 함께 영석은 침대로 가 벌러덩 누웠다. 파묻힐 것 같은 부드러운 쿠션이 따스하게 온몸을 감싼다. 그리 피곤하지 않았지만, 왜인지 모르게 잠이 쏟아졌다.

"…나만 낙관적인가. 내일 끝날 거 같은데……."

나긋한 목소리가 조용히 방 안을 맴돌았다.

*　　　　*　　　　*

팡, 펑, 펑!!

네트에 바짝 붙은 네 명의 선수들이 어지러이, 그러나 기민하게 움직이며 서로에게 치명적인 일격을 먹이기 위해 안간힘을 쓴다. 마구잡이로 움직이는 것 같으면서도, 복잡한 수를 읽으며 움직이기 때문에, 현란하고 아름답게 보인다.

좌앗! 찻, 치익!

쉴 새 없이 스텝을 밟는 네 쌍의 다리 또한 잠시도 땅에 머무는 것을 허락지 않는 듯, 연신 허공을 밟는다. 모가지가 잘린 잔디 가닥들이 허공에서 천천히 춤을 춘다.

펑!!

고슴도치가 가시를 세우듯, 부지불식간에 침범해 오는 공을 향해 이재림이 반사적으로 라켓을 뻗어낸다. 공이 라켓의 정 가운데가 아닌, 윗부분에 맞고 튕겨나간다. 그러고는 빠르게 지면을 훑고, 뒤이어 파키스탄 선수 둘이 허리를 접는다. 두 라켓이 부질없이 허공을 긁는 그 모습이 굉장히 역동적으로 보인다.

"포티 서티(40 : 30)!"

—우와!!

"컴온!!!"

"으아!!!"

관중들의 함성이 퍼지는가 싶었는데, 이재림과 고승진이 짐승과도 같은 포효를 지르며 네트 너머에 서 있는 파키스탄 선수들을 겁박한다. 얼마나 크게 소리를 지르는지, 벤치에 있는 영석의 솜털이 비죽 선다.

"……."

파키스탄 선수들은 일단은 서로의 어깨를 한 번씩 툭 치며 애써 이재림과 고승진을 외면했다. 하지만 그 두 눈에는 지옥불처럼 타오르는 분노가 자리하고 있었다.

'재밌네.'

벤치에 앉아 있는 영석은, 희열을 미소 끝에 매달고 벌떡 일어난 상태다.

어느새 등이 흥건하게 땀으로 젖어 있었다. 그리 크게 움직이지도 않았는데 말이다.

"멋있다, 이재림!!"

저도 모르게 큰 목소리로 방금 전 포인트의 수훈감인 이재림을 향해 격려를 던진 영석은, 누가 봐도 평소의 모습과는 너무나 달랐다.

어제부터 이어져 온 기이한 열기, 오랜만에 느끼는 팀이라는 일체감 등⋯ 영석을 춤추게 하는 것들이 그를 변화시키고 있었다.

*   *   *

"걱정 마."

복식이 펼쳐지는 둘째 날 아침.

이재림은 영석에게 뜬금없는 한마디를 던졌다.

새벽같이 일어나 가볍게 몸을 풀며 운동을 한 상태라 두 사람의 몸에선 아지랑이 같은 땀의 결정체들이 쉼 없이 넘실대고 있었다.

"뭘."

영석이 시큰둥하게 묻자, 콧잔등을 살짝 찌푸린 이재림이 답했다.

"이길 거니까 걱정 말라고. 내가 무슨 일이 있어도 네 차례까지 안 오게 한다."

"......"

이상한(?) 포부를 들은 영석이 '이건 무슨 개소리인가'라는 의미를 담아 사람 무안하게 만드는 침묵으로 응대했다. 이재림이 결국 빽─ 소리를 지른다.

"아, 거참! 사람이 말야. 착 하면 척 알아들어야지! 뭐 그리 궁금한 게 많아? 이겨서 너 쉽게 해준다니까?"

"......"

"재미없을 거 아냐. 수준 떨어지는 애들하고 붙는 거."

이재림의 진심이 드디어 나오자, 영석이 피식 웃는다.

"난 딱히 재미없진 않아. 오히려 즐거운데?"

상대로 하여금 할 말을 잃게 만드는 영석의 말에도, 이재림은 꿋꿋하다.

"…아무튼, 이길 거니까 그렇게 알아."

'그걸 왜 나한테 말해.'라는 말이 목구멍까지 올라왔지만, 영석은 대꾸를 안 하고 라켓을 주워들었다. 늘 그렇듯, 이재림에게는 괜한 장난을 치고 싶어지기 때문이다.

"나나 좀 이겨줘."

어깨를 으쓱하며, 어울리지도 않는 오만한 표정으로 콧김을 내뱉는 영석을 본 이재림의 이마에 혈관이 울룩불룩 잘도 솟아오른다.

"너, 너! 딱 기다려! 조져 버릴라니까."

타닷!

한쪽 구석에 놓인 자신의 테니스 백을 향해 득달같이 달려간 이재림이 비닐에 쌓여 있는 라켓을 꺼내 비닐을 벗기다가 승질이 났는지 북북 찢기 시작했다.

어딘지 모르게 과장된 행동과 태도. 그도 이 장난을 즐기고 있다는 뜻이다.

'이겨라.'

영석은 그런 이재림의 등을 보며 따뜻한 미소를 지었다.

"…우와아아아!!!"

다시금 코트를 쩌렁쩌렁하게 울리는 이재림─고승진 페어의 고함이 영석을 상념에서 빠져나오게 만들었다.

"피프틴 포티(15 : 40), 매치 포인트."

아주 잠시 생각에 빠졌을 뿐이지만, 그새 경기는 막바지로 치닫고 있었다.

본인들의 서브 게임을 킵한 이재림─고승진 페어가 이어진 상대의 서브 게임을 몰아붙이며 브레이크와 동시에 게임을 끝낼 수 있는 매치 포인트까지 다다른 것이다.

퉁, 퉁…….

파키스탄 선수가 볼을 두 번 튕기더니 훌쩍 머리 위로 던지고는 몸을 띄운다.

쾅!!!

빠르고 강한 서브.

위기에 몰린 순간, 본인의 평소 기량을 발휘할 수 있다는 점에서, 그 실력의 고저와 상관없이 파키스탄의 선수들 또한 '프로'였다.

치, 직!

그러나 하필이면 리턴을 하는 사람이 이재림이었다는 것이, 파키스탄 선수들에게는 악재로 작용했다.

다리를 빠르게 놀린 이재림은 엄청난 반응 속도를 보이며 너무나도 여유롭게 팔을 휘둘렀다. 영석과 로딕의 서브에 길이 들을 대로 들은 이재림에게, 어지간한 서브는 전혀 문제될 게 없다.

쾅!!

하지만 이재림의 고질적인 문제, 빠르고 낮게 깔리는 공을 잘 못 친다는 것이 여실히 드러나는 리턴이 뻗어나간다. 완벽한 타이밍과 여유로운 스윙, 쩌렁쩌렁하게 울리는 타구음에 비해 다소 느린 공이다. 코스는 큰 각도로 뺀 크로스, 네트 앞에서 알짱거리는 다른 선수를 피하겠다는 의지가 담겨 있다.

그러나 지금은 복식.

고승진은 등 뒤에서 타구음이 들리는 그 순간, 무릎을 탄력적으로 가동시키며 제자리에서 잘게 위아래로 뛰었다.

펑!!

아니나 다를까.

묵직한 공이었지만, 서브를 날렸던 선수가 그 자리에서 여유롭게 몸을 놀려 맞받아친다.

그리고 고승진이 마치 예지를 하듯 움직인 것도 그때였다.

팡!!

실로 기습적인 발리.

키가 큰 고승진이 긴 다리를 이용해 거의 네트 끝에서 반대편까지 빠르게 이동한 후 팔을 뻗어 처리한 공이 대각선으로 뻗어나가며 파키스탄 선수들 사이를 가로지른다.

"게임 셋 매치 원 바이⋯⋯."

심판이 끝을 선언하자, 이재림이 엄청난 속도로 뛰어와 고승진에게 펄쩍 점프해 안긴다.

고승진은 그런 이재림을 어깨에 앉히기라도 할 것처럼 높게 들어 올리며 포효했다.

"이겼다아아아아아!!"

                    *   *   *

개선장군이 이럴까.

김태진 감독을 위시로, 네 명의 선수들의 표정에서 당당함과 자부심이 느껴진다.

파바바박!!

한데 뭉쳐 플래시를 터뜨리며 그런 선수단의 사진을 찍는 기자들의 표정도 훈훈함이 감돌았다.

'강등 안 당한 게 그렇게 좋아? 1그룹 꼴찌라는 소리 아니야.'
라고 생각할 사람도 있을 법하지만, 그 모든 것을 종식시키는
'경기력'을 이번 파키스탄전에서 보여준 것이 컸다.

앞으로 최소 10년은 세계를 떨쳐 울릴 영석은 물론이고, 탄
탄하고 안정적인 기량의 이재림은 겨우 이제 10대의 끝자락에
닿아 있을 뿐이다. 이형택과 고승진 또한 은퇴를 생각하기엔
너무나 젊은 나이.

당연히 2004년을 비롯해서 향후 대표팀의 성적에 기대감을
갖게 되는 것이다.

"…오늘 일정은 아주 기분 좋게 보낼 수 있겠구나."

김태진 감독이 살풋 웃으며 선수들에게 말한다.

본인도 대표팀의 엄청난 경기력에 고무된 것인지, 나이에 어
울리지 않게 소년 같은 얼굴이었다.

*   *   *

기분 좋은 인터뷰를 하고, 무엇인가 자신의 마음을 꽉 붙들
고 있는 것을 느끼고 있는 영석은, 강춘수를 대동하고 오랜만
에 집으로 돌아와 있었다. 9월 29일부터 열리는 재팬 오픈을
준비하고 있는 것이다.

"머리끝부터 발끝까지 아무런 이상 없어. 물론, 운동선수로
서 말이야."

오랜만에 흰 가운을 입고 영석과 마주하는 최영애의 얼굴은

카리스마 넘치는 의사의 얼굴 그 자체였다.

"다행이네요."

영석도 그런 최영애의 모습이 보기 좋았는지, 훈훈하게 웃으며 자신이 받아든 검사표를 한번 스캔했다.

"아, 이모. 운동 기능 측정도 하고 싶은데, 가능할까요?"

미국에서도 받아봤던 그 검사를, 영석은 혹시나 하는 마음에 물었다.

물론, 국가 대표의 신분이었던 적이 많았기 때문에, 국가에서 운영하는 스포츠 센터에서 검사를 받을 수도 있지만 말이다.

"여기 한국대병원이야."

최영애는 자부심 어린 대답과 함께 당차게 일어나 영석을 안내했다.

"역시… 최고의 선수다운 수치입니다."

흰색 옷을 위아래로 갖춰 입은 중년인이 땀을 흘리고 있는 영석을 향해 엄지를 치켜 올렸다. 중년인의 주위에 자리한 젊은 스텝들도 고개를 끄덕이며 동조했다.

"우리나라 모든 종목의 선수들을 통틀어서 평균적인 수치가 가장 우수한 거 아닙니까? 그야말로 상위 0.0001%군요."

"이 정도면 NFL선수들과 비교를 해봐도……."

지구상에 존재하는 모든 종목의 선수들 중 신체 능력이 가장 뛰어나기로 유명한 미식축구(NFL) 선수들과의 비교도 불허할 정도로 영석의 신체가 내포하고 있는 능력이 뛰어나다는 것인데, 영석은 이런 칭찬에도 제법 덤덤하게 대처했다.

"도구를 사용하니, 신체 능력은 어느 정도만 충족해도 됩니다. 그래도 결과가 좋으니 제 기분도 좋네요."

라켓을 이용한다는 점에서, 테니스는 축구나 농구, 미식축구 등의 종목처럼 신체가 절대적인 기준이 될 수는 없다. 오히려 측정할 수 없는 감각적인 능력과 머리가 훨씬 중요하다.

'테니스가 몸으로만 가능했으면 사핀이 한 10년은 세계 최고겠지.'

그리운 이름을 곱씹은 영석은 가볍게 샤워를 하고 강춘수와 함께 다음 목적지로 향했다.

"가볍게 포백 가자."

카트를 옆에 놓은 영석은, 엄격한 눈을 하고는 네트 건너에 있는 태수를 바라봤다. 그 나이대에서 톱 클래스의 위치에 있는 선수가 가벼운 포백에서 실수를 할 리도 없지만, 태수는 긴장한 얼굴이다. 지금까지 자신을 후원한 사람을 앞에 두었기 때문이다.

퉁—

라켓을 아래에서 위로 살짝 휘두르며 영석이 공을 넘겨주자, 끼릭— 거리는 금속 마찰음이 마치 시동이 걸린 엔진처럼 설레게 울려 퍼진다.

끼릭— 콰아앙!!

긴장한 얼굴과 다르게, 태수의 몸은 부드럽게 움직이며, 온몸의 힘을 완벽하게 타점에 맞췄다. 그 거력은, 영석의 그것과도 비견할 만했다.

"……."

놀란 눈으로 태수를 바라본 영석은 속으로 침음을 삼켰다.

아직 테니스를 시작한 지 1년도 안 되는 태수가 보이는 움직임은, 명백히 최고의 선수로서의 가능성을 내포하고 있었다. 고작 포핸드 하나였지만, 영석의 눈에는 그 엄청난 가능성이 보였다.

'이제 1년도 안 됐었구나…….'

그리고 새삼 태수의 재능에 놀랐다.

"됐어. 잘하는구나."

카트에서 공을 세 개 정도 꺼내고 카트를 살짝 민 영석이 네트 앞에 서며 본격적으로 움직일 거라는 듯 눈을 빛낸다. 완전하진 않지만, 시합 때와 비견할 만한 집중력이 단박에 사납게 몰아친다.

꿀꺽—

"당연히 투 바운드까지 허용. 지금부터 시합에 필요한 모든 능력을 나한테 보여줘."

태수는 그 기세에 침을 삼키며 횔을 잡고 있는 손에 힘을 주었다.

Chapter 85
재팬 오픈(Japan open)

―영석아! 아니, 영석 선수! 특종이야, 특종!

태수와 유쾌한(?) 오후를 보낸 영석은, 바쁘게 떨고 있는 핸드폰을 집어 들었다. 그러자 법석을 떨어대는 박정훈의 목소리가 들린다. 연신 혼자 '우와우와! 어으아!' 하는 소리가 BGM처럼 깔린다.

"무슨 특종인데요?"

박정훈의 호들갑이야 이제 질릴 대로 질려 버린 탓에, 영석이 담담하게 물었다.

―체육훈장 청룡장! 수여까지 아직 기간이 좀 남아서 확정은 지을 수 없지만, 거의 기정사실이야!

체육훈장 청룡장(體育勳章靑龍章).

휠체어를 탔던 전생에서 한차례 받을 수도 있었던 그 상의 이름이 거론되자, 영석의 눈썹이 꿈틀댄다.

"청룡장요?"

체육훈장 청룡장은 나름의 기준을 두고 일정 점수 이상이 넘어가야 수여할 수 있는 가능성이 열리는, 체육인에게는 가장 영예로운 훈장이다. 내용을 살펴보면 다음과 같다.

―체육 발전에 공을 세워 국민 체육의 위상을 높이고 국가 발전에 이바지한 공적이 뚜렷한 체육인에게 수여하는 1등급 체육훈장으로, 상훈법에 따라 1973년부터 수여되고 있다. 올림픽, 세계 선수권 대회, 아시안 게임 등 세계 체육 대회에서 메달을 받아 1,500점 이상을 쌓은 선수나 뛰어난 성과를 거둔 감독, 체육 관련 단체장 등에게 주어진다.

물론, 2002년 아시안 게임에서 영석은 3관왕에 오르며, 단박에 최고의 스포츠 스타로 자라날 선수로 여겨졌었다. 하지만 그것만으로 청룡장을 받는 것은 무리다. 심지어 1,500점을 아득히 넘은 점수를 획득한 선수조차도 운이 안 맞으면 받기 힘든 훈장이 청룡장인 것이다.

―아무래도 호주 오픈, 롤랑가로스, US 오픈을 무시할 수 없었을 거야. 역사상 메이저 대회에서 우승한 한국 사람이 없었다고 해서, 그 대회의 대단함을 모르지는 않을 테니까. 그리고 무엇보다 지금 여론 자체가 영석 선수에게 쏠리고 있어. 상상 이상으로 말야.

"그래요?"

박정훈의 말을 듣고 있는 영석이 고개를 갸웃한다.

스포츠 관계자들이면 몰라도, 일반 대중들이 메이저 대회의 위상을 알 턱이 없기 때문이다.

'알 수도 있나……?'

영석의 머릿속에 '박세리'라는 이름이 스쳐 갔다.

상금이 얼마고, 전 세계에 산재한 골프 대회 중 어떤 위치에 있는 대회에서 우승했고 등… 골프에 대해 아무것도 몰라도 언론에서 떠들어대면 자연스럽게 '아, 대단한가 보구나.'라는 생각이 자리할 수 있다.

테니스와 골프는 많은 것들이 유사하니 그의 연장선상에서 충분히 영석의 업적을 제대로 이해할 수 있을 여지도 있다.

─아무래도 애거시나 로딕 같은, 유명한 선수들과 결승에서 만났던 게 인상 깊었나 봐. 외신에서 영석 선수를 비중 있게 다루고 있다는 것도 한몫했고.

아! 하는 감탄을 터뜨린 영석이 고개를 크게 끄덕였다.

안드레 애거시라는 이름값은 굉장히 높았다. 테니스에 거의 관심이 없는 사람도 이름만은 들어봤을 정도의 '슈퍼스타'인 것이다. 그런 그를 같은 한국 사람인 영석이 무찌르고 우승을 차지했다는 것에서 일종의 '쇼크'를 받았을 여지가 크다.

"뭐, 준다면 감사히 받겠습니다만, 그게 쉽겠어요? 내년에 올림픽도 있는데."

생각을 정리한 영석의 말에 박정훈도 공감을 한다는 듯 연신 '음음' 하며 목소리로 고개를 끄덕였다.

─내가 걱정하는 것도 그거야. 올림픽까지 두고 보자는 의견

도 만만찮게 나오고 있어서…….

"사실 저는 감흥이 없어요. 주면 좋지만, 안 준다고 해도 낙담하거나 하지 않습니다. 그래도 박 기자님이 늘 이렇게 챙겨주셔서 그건 감사해요."

자신의 말을 듣고 박정훈이 행여나 기운이 빠질 수 있을까 염려한 영석은, 배려를 담은 말을 건넸다.

—고맙긴. 아무튼, 영석 선수랑 진희 선수가 훈장 하나씩 받는 걸 보는 것도 테니스인으로서는 참 감격스러울 거야. 아참, 재팬 오픈 준비 잘하고~!

"네!"

전화를 끊은 영석은, 청룡장이라는 단어가 주는 여운을 잠시간 만끽하고는 오늘의 마지막 일정을 위해 몸을 움직였다.

*　　　*　　　*

"성함이?"

"유, 유현수라고 적어주시면 됩니다. 아참, 아들놈이 하나 받아달라고 했는데… 이거 내가 도리어 욕심이 나니……. 죄송합니다만, 한 개 더 해주시면……."

"주세요."

영석이 빙긋 웃으며 중년의 남자에게서 빼앗듯 라켓을 가져와 사인을 해준다. 땀이나 물에 강한 재질의 마커로 하는 사인이다.

"자자, 줄을 서시오, 줄을!"

서울 모처에 있는 실내 코트에는 때 아닌 팬 사인회가 열리고 있었다.

이현우와 한민지, 최영애는 자랑스러운 얼굴로 와글바글 모인 사람들의 줄을 세우고 있었다.

"이 검사, 좋겠어~! 아들이 저리도 잘났으니. 얼마 전에 결승전 보는데 내가 다 뿌듯하더라니까."

자신에게 말을 건넨 사람에게 다가간 이현우가 사람 좋은 웃음을 지으며 대꾸했다.

"응원해 줘서 고마워. 제놈이 알아서 저렇게 잘 커서… 난 도통 모르겠네. 왜 저렇게 잘하는 거야?"

"뭐? 하하……!!"

정말로 모르겠다는 듯 이현우가 황망한 눈으로 자신의 자식을 바라보자, 그에게 말을 걸었던 남자도 함께 웃었다.

한쪽에서는 여인들끼리 대화를 나누고 있었다.

"어머어머, 실물로 보니까 더 훤칠하네. 탤런트보다 낫다. 김진희 선수가 짝지라며? 아쉽다, 아쉬워."

"뭐가 아쉬워. 세상 천지에 진희보다 잘난 여자가 또 어딨다고. 예쁘지, 똑똑하지, 돈 잘 벌지, 착하지, 싹싹하지, 귀엽지, 사랑스럽지……. 영석이가 매달려야지."

한민지가 콧방귀를 끼며 이 자리에 없는 진희를 감싸고돌았다.

이미 아들의 여자 친구를 넘어서 자식처럼 진희를 아끼고 있기 때문이다.

"어? 한 선생. 니 아들을 니가 그렇게 대하면 안 되지? 우리 영석이가 어때서?"

최영애가 그런 한민지를 타박하며 말을 이었다.

그 후로 뭐라뭐라 둘이 투닥 대더니 모두 웃음보가 터진 듯 꺄르르 웃었다.

"……."

영석은 입꼬리를 귀에 걸고 다니는 부모님을 보고 따뜻하게 웃으며 계속해서 사인을 해나갔다. 라켓, 가방, 옷, 양말… 테니스와 조금이라도 관련이 있는 용품이 영석의 앞에 쌓여만 간다.

'이 정도는 피곤하지도 않지.'

이 실내 코트는 이현우, 한민지, 최영애가 속해 있는 동호회가 정기적으로 모이는 코트다.

시간이 제법 남은 영석은, 기꺼이 부모님이 운동하고 있는 곳으로 와서 동호인들과 어울리며 게임도 같이하고, 사인도 하며 좋은 시간을 보내고 있었다.

적어도 이 코트에서만큼은, 세계적인 배우나 가수 못지않게 열광적인 환호를 받으며 관심을 한 몸에 받고 있었다. 대부분 중장년이었지만, 동경을 담은 눈은 소년 소녀 같았다.

"영석아, 주문하려고 하는데, 밥 뭐 먹을래?"

어느새 다가온 한민지가 메뉴판을 건넸다.

행복의 기운이 그녀의 뒤에서부터 살랑살랑 날아와 영석에게 훅― 끼쳐들어 왔다.

          *   *   *

일본 도쿄(Tokyo).

진희와 함께 일본 도쿄에서 열리는 '재팬 오픈'에 참가하기 위해 일본에 온 영석은 엄청난 환대에 기가 질리고 말았다.

파바바바박!!

역사적으로 갈등이 깊은 한국의, 그것도 세계 톱을 달리고 있는 ATP, WTA선수였음에도 일본의 열기는 기이할 정도로 엄청났다.

"지나가겠습니다~!"

공항이었음에도 엄청난 소동.

이런 관심은 일반 대중들보다는 언론의 비중이 더 컸다.

따로 배치된 경호 인력에 강춘수와 최영태까지 있었음에도 밀려드는 의지를 막을 수 없었다.

"일본에 처음 방문하셨는데, 소감이 어떻습니까."

"최근의 메이저 우승은……."

아쉽게도 영석은 일본어를 잘하지 못해서 뜨문뜨문 알아들을 뿐이었고, 진희의 경우에는 아예 일본어에 문외한이었다.

"뭐야뭐야. 따로 자리 마련하지 않았어?"

어딜 가나 귀중한 대우를 받다 보니, 절차가 몸에 밴 진희가 기자회견의 유무를 물었다.

"있는데……. 음. 공항에서 나오는 거에 왜 이렇게 관심이 많은지……."

그 와중에도 영석보다는 진희에게로 더 많은 관심이 쏠렸다.
대부분의 카메라들이 진희를 향한 채 포커스를 잡고 있었다.

"이, 일단 나가자."

그렇게 일행은 한국에서보다도 더 뜨거운 환대를 가로지르
며 밖으로 향했다.

"아시아 테니스에 대한 영석 선수의 인터뷰는 참으로 감명
깊게 봤습니다. 저는 일본인이고, 아무래도 일본인 선수들에
대해 궁금한데요, 영석 선수는 일본 테니스에 대해 어떻게 생
각하십니까?"

하도 아우성이라 공식 기자회견장에선 더더욱 뜨거울 거라
예상했지만, 막상 회견에 들어가자 기자들은 굉장히 정중했다.
인터뷰는 영어로 진행됐는데, 흔히 갖고 있는 편견과는 달리
평범한 발음이었다.

'절도'를 논할 수 있을 정도의 정적인 분위기 가운데, 한 명씩
차례대로 각을 잡고 질문을 던지는 폼이, 영락없이 한국과 똑
같았다.

"우선, 그 인터뷰를 관심 있게 봐주셨다니 영광입니다. 일본
테니스라… 2년 전에 데뷔했을 때가 떠오릅니다."

벌써 아득히 예전처럼 느껴지는 2001년.

전혀 라이벌로 여기지 않았던 한국의 선수, 영석과 진희가
빠르게 치고 나가자, 일본에서는 이 둘에 대한 연구를 엄청난
수준으로 진행했었다.

실제로 소기의 성과도 거둬, 미세한 버릇과 게임을 풀어나가는 방식의 패턴을 읽기도 해서 영석과 진희의 애를 먹였었다. 그러나 둘은 일본인에게 단 한 번도 지지 않았다. 결국 당시의 일본은 그 정도의 수준이었다는 것이다.

"일본의 테니스는 굉장히 섬세하고 스마트합니다. 실제로 2001년에는 많이 애를 먹었습니다. 2002년 아시안 게임 때도 마찬가지였고요. 다만, 2003년에는 일본인 선수를 만날 기회가 거의 없어서 성급히 판단할 수 없습니다. 아마 저보다는 WTA에서 활약하고 있는 김진희 선수에게 물어보는 것이 맞겠네요."

그러자 미어캣처럼 수십 명의 머리가 진희에게로 향한다.

움찔 몸을 떤 진희가 마이크에 대고 말했다.

"아무래도 아시아 선수들은 ATP보다는 WTA에서 많은 활약을 펼치는데요, 특히 일본인이 좋은 활약을 많이 하고 있어서 조금 부러웠습니다. 한국은 몇 명 안 되거든요."

진희가 부드럽게 포문을 열자, 기자들의 긴장이 풀린 것 같아 보였다.

"저는 그들과 꽤 많은 대전을 치렀는데, 아기자기하고 굉장히 머리를 많이 쓰는? 그런 테니스를 하더라고요. 비유하자면 바둑이나 장기 같은……."

여러 곳에서 동감한다는 듯 크게 고개를 끄덕였다.

"저는 그런 테니스에 강합니다. 오히려 편해요. 아마도 어렸을 때부터 정교한 테니스를 잘했던 이영석 선수와 대전을 많이 해서 그런 것 같습니다. 그리고 대부분의 톱 프로들은 모든 계산을 무위로 돌릴 수 있는 신체 능력을 보유하고 있습니다."

다시금 팽팽하게 당겨지는 긴장감.

진희는 현악기를 다루듯 분위기를 좌지우지하고 있었다.

"제가 좋아하는 선수인 키미코 선수는 라이징이라는 특별한 능력을 갈고닦아서 신체 능력의 불리함을 만회하고, 정교한 테니스를 펼칠 수 있었죠. 그래서 강했다고 생각합니다."

"그렇다면 일본인 선수는 신체적으로 열등하다는 겁니까?"

진희의 말이 도발처럼 느껴졌을까.

기자 한 명이 벌떡 일어나더니 조금은 격양된 목소리로 물었다.

'낚으려는 거군.'

영석과 진희의 눈빛이 동시에 번쩍인다. 진희는 당황하지 않고 답했다.

"아뇨. 아시아인의 신체 능력이 세계를 기준으로 하면 부족하다는 겁니다."

칼 같은 답에 일어났던 기자는 우물쭈물하더니 자리에 앉았다.

다른 기자 한 명이 조심히 일어나더니 방금 앉은 기자를 째려보고는 차분히 입을 열었다. 이상한 방향으로 삐쭉 벗어날 수 있는 회견을 다시 정상으로 돌리기 위한 질문이 나왔다.

"…이번 재팬 오픈에 참가하게 된 소감……."

그 뒤로 무난한 질문과 답변이 이어지며 영석과 진희는 귀중하게 다뤄졌다.

그리고 그날.

일본의 모든 뉴스에 영석과 진희의 방일(訪日) 소식이 전해졌다.

　*　　　　*　　　　*

―티켓이 벌써 동났다지? 다 두 선수 때문 아니겠어?

박정훈의 목소리가 수화기 너머에서 반짝인다.

"뭘요. 관중들이 그 정도로 관심을 가져주는 게 신기하네요. 그것도 아시아에서."

일본에서의 유난스러운 환대는 결코 비정상적인 일이 아니었다.

관심을 가질 만한 일에 관심을 가진 것.

본인들의 피부에 와닿진 않았지만, 영석과 진희의 인기는 상상을 불허했다. 마치 축구나 농구의 톱 선수가 찾아온 것과 같은, 혹은 할리우드의 유명 배우가 받을 법한 수준의 관심이었다.

스포츠 뉴스에서는 이 둘과 대전했던 경험이 단 한 번이라도 있는 일본인 선수들이 나와 인터뷰를 하기에 바빴고, 메이저 대회 결승을 짤막하게 편집해 하이라이트로 내보내기도 했다. 특히나 인기가 있는 경기는 영석과 애거시의 2003 호주 오픈 결승 하이라이트와, 진희와 다테 키미코의 2002 부산 아시안 게임 여자부 단식 결승 하이라이트였다.

영석으로서는 도저히 이해가 안 되는 상황.

하지만 박정훈은 명쾌하게 설명했다.

―테니스에 관심이 정말로 많은 나라니까. 10대 청소년 중에서 라켓을 한 번이라도 휘둘러 본 경험이 있는 애들의 비율이… 농담 안 하고 50%는 될걸? 이 정도 수치면 유럽 쪽과 비슷해.

"흐음. 그래요?"

신기한 얘기를 듣는다는 것처럼 고개를 끄덕이고 있는 영석이었지만, 내심 납득했다.

'니시코리 같은 애가 튀어나오는 나라이니…….'

작은 몸뚱이로 잘도 세계를 질타했던, 한국인으로서는 '부러울 정도의 위업을 쌓았던 그 선수가 떠오르자 영석은 피식 웃었다.

'이제 부러워할 사람은 없겠군.'

                    *   *   *

"그거 하나는 부럽네요."

훈련 중간, 쉬는 시간에 영석이 입을 열자 모두의 이목이 집중됐다.

데이비스컵에서 우정(?)을 다졌던 이형택, 고승진, 이재림은 물론이고, 조윤정까지 함께 훈련하던 중이라, 꽤나 많은 이의 집중을 받게 된 영석이 부연했다.

"…ATP500규모의 대회를 유치하고 있다는 거요. WTA도 마찬가지고요."

"……."

"……."

아시아의 3강은 어느 분야로 따져도, 한국, 중국, 일본이었다.

이중 중국과 일본은 테니스에서 큰 규모의 대회를 유치하고 있었다. 한국만 번듯한 대회가 없었다.

지금 ATP와 WTA 1위가 한국인이었음에도 불구하고 말이다.

"하긴. 우리는 없지."

이재림이 씁쓸하게 말하자, 이형택이 고개를 젓고는 크게 말했다.

"우리가 모두 이름을 날리다 보면, 국민들이 테니스에 관심을 갖게 되고! 그렇게 파이가 커져서 관람 인원이 충족되면! 자연스럽게 높은 대회를 유치할 수 있을 거야."

"백 번, 천 번 맞는 말이지."

가만히 뒤로 물러나 있던 최영태가 끼어들었다.

국가 대표를 지냈던 대선배로서 이런 주제의 대화엔 끼어들 수 있다고 판단한 것이다.

"박찬호, 박세리 안 부러운 선수들도 이미 있고, 한국 테니스가 점점 나아지다 보면 대회 같은 건 자연스럽게 따라온다. 이런 일은 5~10년은 봐야 해."

지당한 말이라 모두가 고개를 끄덕이며 결연한 눈빛을 한다.

"자자! 훈련하자, 훈련! 힘들게 예선 통과했으니 도쿄를 태극기로 물들여 봐!"

선수들이 정돈된 움직임으로 코트에 들어서자, 농도 짙은 긴장감이 풀풀 날리기 시작했다.

＊　　　　＊　　　　＊

재팬 오픈은 그야말로 신바람 행진이었다.

특히 ATP에서는 더더욱 폭풍 같은 행보가 이어졌는데, 그 행보가 영석 혼자만의 것이 아니었기에 더더욱 사납게 느껴졌다.

이형택과 고승진, 이재림은 데이비스컵의 열기를 이어가려는 듯 엄청난 퍼포먼스로 도쿄를 깜짝 놀라게 만들었다. 셋 모두 3라운드까지 진출한 것이다.

1번 시드로 1라운드는 경기를 치르지 않고 2라운드부터 경기를 치른 영석은, 재팬 오픈 전체를 두고 봐도 견제할 만한 선수를 찾을 수 없었다.

'스리차판, 지리 노박. 단둘이군.'

그나마 시즌 내내 상위권에서 놀았던 선수는 단둘뿐이었고, 나머지는 생소한 이름들로 가득했다.

'버디치, 아니, 베르디흐였나? 오랜만이네.'

단 한 명.

1라운드에서 광속으로 탈락한 나머지, 얼굴도 확인하지 못했지만, 틀림없이 2016년에 톱 10에 들어갈 선수의 이름을 본 영석의 눈이 반짝였다.

'붙어보고 싶은 타입이었는데……'

큰 키, 그에 따른 공격적인 서브는 물론이고, 상당히 높은 수준의 견고한 그라운드 스트로크와 섬세한 기술까지 구사할 수 있는, 종합 능력치로 봤을 때 아주 훌륭한 선수로 기억하고 있었다.

'슬슬 기어 나오는군.'

그리운, 너무나도 보고 싶은 선수들의 출현이 점점 다가오고 있었다.

페더러와 나달을 시작으로 십수 년 동안 영석을 즐겁게 할 호적수들이 여기저기서 출현하고 있는 것이다.

'조코비치, 머레이만 만나도 빅4는 다 발밑에 깔아두게 되겠군.'

당연하다는 듯, 만나는 즉시 승리할 것을 예상하는 영석의 눈초리가 흥미로 반짝인다.

"오… 이러다가 500에서 내가 우승하는 거 아냐? 그럼 생애 최초인데?"

고승진이 거대한 덩치를 꿀렁이며 턱으로 리듬을 타기 시작했다.

"……."

"……."

숙적 스리차판을 만나 패배한 이형택.

한국 내에서는 적수가 없다는 고승진에게 패배한 이재림.

둘은 분노에 떨며 고승진을 노려볼 수밖에 없었다.

"…선배님이랑은 ATP에서는 처음 만나겠네요."

"…허."

영석의 말에 단박에 흥이 깨진 듯 고승진이 시무룩한 표정을 짓는다.

어깨까지 축 늘어뜨려 엄살이란 엄살은 다 부리고 있지만, 어딘지 모르게 과장되고 긴장감이 깃든 엄살이었다.

"결승에 가도 너가 있구나……."

그제야 이재림과 이형택의 얼굴에 활기가 돌았다.

"크크, 형님도 이제 절망하는 법을……."

"…수고했다."

이재림이 음침하게 웃으며 고승진을 도발했고, 이형택은 고승진의 어깨를 툭툭 치며 미리 인사를 건넸다. 아직 결과도 안 나온 재팬 오픈의 인사를 말이다.

"죽을힘을 다해야지. 아는 사이니까 더더욱."

고승진은 둘의 장난스러운 조롱에도 전혀 개의치 않고 승리를 다짐했다.

"저도 마찬가지입니다. 선배님을 만나게 되면 최선을 다하겠습니다."

"……."

사심 없는 영석의 깨끗한 다짐에, 고승진은 반사적으로 튀어나오려는 한숨을 막으려 안간힘을 썼다.

*　　　　*　　　　*

고승진은 결국 세미파이널에서 스리차판을 꺾는 대이변을 일으켰다. 아무도 예상치 못한 승리였기에 모두가 놀랐으나, 정작 승리한 본인이 더더욱 놀랐다.

"내가 어떻게 이긴 거야……."

"이길 만하니까 이긴 거지. 아직 늦지 않았어. 투어에 본격적으로 뛰어드는 건 어때?"

여자부 결승을 관람하기 위해 자리를 비운 영석과 이재림, 그리고 최영태를 제하고 나니, 숙소의 홀에는 이형택과 고승진만이 남아 있었다.

자신의 승리를 믿지 못하는 고승진에게, 이형택이 진심 어린 조언을 했다.

"투어라……. 뭐, 우승은 현실적으로 힘들다는 건 알지만 꿈이 깃든 단어를 들으니까 기분이 좋네."

고승진이 나직하게 뇌까렸다.

조금은 주접을 떨었던 이전과 달리, 차분하고 침착한 기색이다. 이게 고승진의 원래 모습이다.

그 사실을 잘 알고 있는 이형택은 고승진의 어깨를 두드렸다.

"영석이는… 더 이상 후배라고 생각하면 안 돼. 걔의 이름은 이미 한국이라는 나라보다 앞서 있어. 샘프라스나 애거시라고 생각해야 된다."

"허, 샘프라스, 애거시라……."

헛웃음을 흘린 고승진의 눈이 복잡하고 난잡한 혼란을 품고 있다.

그 심정을 누구보다도 잘 알고 있는 이형택은 금과옥조(金科玉條)와도 같은 조언을 이어갔다.

"복잡한 마음이겠지. 어느새 저 멀리 가 있는 애들의 모습은… 정말이지, 행복하면서도 너무나 괴로워. 쟤들이랑 투어 같이 돌 때의 난, 은퇴까지 생각했어."

"은퇴?"

"대회가 250이든, 500이든, 마스터스든 간에 말이야, 난 늘 1, 2라운드에서 떨어지고, 쟤들은 우승을 해, 그게 몇 번이고 반복되다 보면, 라켓을 놓고 싶어지는 거야 당연하지."

"……."

이형택의 깊은 절망감을 언뜻 훔쳐본 느낌이 들었는지, 고승진의 마음이 울컥이며 일렁인다.

"그냥, 모르는 사람이다 생각하고 한 구, 한 구에 집중해. 그리고 최선을 다해. 너도 구력이 20년은 될 텐데, 그 20년을 다 갖다 부딪혀. 그래도 안 되면 어쩔 수 없지만, 그 20년을 쏟아붓지 못하면 평생 후회만 하게 될 거야. 좋은 기회라고 생각해라."

"…알았어."

두 선수는 그렇게 암울하면서도 희망이 있는, 모순된 분위기를 풍기며 얘기를 이어나갔다.

*   *   *

―오오오오.

재팬 오픈, 여자부 결승전.

관중석에 앉아 있는 관중들은 연신 감탄을 흘리고 있었다. 바로 코트에 자리한 두 선수 때문이다.

'그리운 선수들이 기어 나오는 건, ATP뿐만이 아니었군.'

팔짱을 낀 영석은 차분한 눈으로 진희와 공을 주고받으며 몸을 풀고 있는 서양인을 바라봤다.

화사하진 않지만, 감탄을 불러일으키는 아름다운 금발에서부터 아름다움의 시작이 느껴진다.

187cm쯤 될까. 진희보다 조금 크고, 영석보다 조금 작은 서양 여자는, 큰 키에 걸맞지 않게 몸의 밸런스가 딱 떨어지게 적당했다.

'선천적으로 타고났군.'

단순히 키가 큰 것만으로는 프로 스포츠계에선 살아남지 못한다.

크면서도 보통 사람들 이상의 운동신경을 보유해야만 하는 것인데, 이 서양 여자는 몸매의 라인만 봐도 그것을 알 수 있었다.

딱 벌어진 어깨는 칼 같은 직각을 이루고 있었고, 불필요한 지방과 근육 덩이들은 온몸에 한 톨도 존재하지 않았다. 긴 다리와 함께, 팔도 길쭉했고, 무엇보다 등이 조각처럼 쪼개져 있었다. WTA의 트렌드와는 조금 동떨어진 듯한 신체다.

'진희랑 닮았어.'

단순히 신체적인 특징으로는 진희와 비슷한 느낌을 주었다. 즉, 세레나와 극명하게 대비된다는 것이다.

'10대 때는 꽤 예쁘장했군……'

날카로우면서도 시원시원한 이목구비가 작은 얼굴 안에 균형감 있게 배치되어 있었다.

"장난 아닌데?"

옆에서 이재림이 떨리는 목소리로 중얼거렸다.

1년 내내 투어를 다니면서 이재림이 이렇게 여자 선수를 보고 놀란 건 처음이었다.

'그럴 수 있지.'

영석은 고개를 끄덕이며 전광판에 새겨진 이름을 눈으로 훑었다.

〈Maria Sharapova〉

그렇다.

재팬 오픈 여자부 결승, 진희라는 거대한 벽을 맞이하게 된 불행한 선수는 그 유명한 샤라포바였다.

'지금은 나만 알고 있고, 나한테만 유명하겠지만. 가만, 쟤 되게 어린데…… 지금…….'

손가락을 꼽으며 나이를 계산한 영석이 허탈하게 웃었다.

'열여섯 살이네.'

그러다가 자연스럽게 자신과 진희의 나이를 계산해 본 영석은, 몇 살 차이 안 난다는 것을 깨닫고는 실없는 미소를 지으며 시선을 돌려 진희를 바라봤다.

"……!"

마침 진희와 눈을 마주치자 흠칫 놀란 영석은, 식은땀을 줄줄 흘렸다.

영석은 분석을 위해서 봤지만, 남들이 보기엔 영락없이 샤라
포바라는 미녀에게 눈을 빼앗긴 모습.

그 광경을 진희가 눈을 뾰족하게 뜨고 째려보고 있던 것이다.

"아, 아니야."

자기도 모르게 입 밖으로 새어나온 들릴 리 없는 변명에 영
석은 난처함을 느꼈다.

"……."

진희는 돌연 씨익 웃더니 입모양으로 세 글자를 '보여'줬다.

—죽. 었. 어.

"너 죽었대."

당황에서 어쩔 줄을 몰라 하는 영석의 옆에서 이재림이 낄
낄거리며 속없이 깐죽거렸다.

　　　　　*　　　　　*　　　　　*

콰앙!!

여자 선수라고는 믿기지 않을 서브가 샤라포바의 라켓 끝에
서 피어났다.

쉬익—

눈 깜짝할 새 네트를 넘어가는 공은, 다소 무겁고 둔탁하게
느껴졌다.

명확한 사실은 단 하나. '꽤 빠르다는 것'이다.

끽, 끽!

그러나 진희는 전혀 놀라지 않았다.

세레나의 서브를 상대하기 위해 여자의 몸으로 영석의 서브 세례까지 겪었던 독한 승부욕의 소지자인 진희는 아주 느긋하게 라켓을 휘둘러 대응했다. 그 모습이 얼마나 여유로웠는지, 진희 홀로 다른 시간축에서 움직이는 것 같이 느껴졌다.

펑!!

완벽하게 상대를 궁지에 몰아넣는 리턴은 아니었지만, 최소한 공격권을 자신에게로 끌고 올 수 있는 리턴이 펼쳐지며, 두 선수는 바쁘게 움직였다.

끽, 끽!

펑!!

끽!

새파란 코트 위에서 산뜻하게 춤을 추는 두 인영이 관중들의 눈을 즐겁게 했다.

끼긱, 끽!

센스 넘치는 감각이 온몸을 휘돌고 있다는 것을 능히 짐작하게 만드는, 진희 특유의 산뜻한 스텝이 이어진다. 손에 쥔 라켓만 아니라면 저 몸짓이 코트 위에서 펼쳐지고 있다는 것을 믿지 못할 정도다.

펑!!

콤팩트하고 완벽한 타점에서의 스윙이 펼쳐지자, 공은 자연스럽게 뻗어나간다.

공을 치는 것이 아닌, 라켓으로 허공에 선을 긋는 느낌이다.

모두 그 아름답고도 우아한 동작에 혼을 뺏기려는 찰나……

"으어어어!!"

예술품을 바라보며 묘한 감상에 젖던 모두를 일거에 현실로 되돌려 놓는 소음이 벼락처럼 떨어진다.

쾅!!

뒤이어 펼쳐진 것은 힘이 가득 실린 포핸드 스트로크.

가녀린 체구에서 나왔다고는 믿기 힘들 정도의 굉음이 샤라포바의 입에서 뿜어져 나온 것이다.

'…기어코……'

물론, 영석은 샤라포바가 시끄럽다는 사실을 잘 알고 있어서 인상을 찌푸릴 뿐, 그리 놀라지 않았다.

"우와. 깬다, 깨."

콧방귀를 뀌며 차분하게 공을 따라잡는 진희 덕분에 정신을 차린 것일까.

이재림이 조용히 중얼거린다. 눈에 자리하던 기이한 열망이 씻은 듯 사라져 있다. 이성으로서의 호감이 단번에 곤두박질친 것이다.

'이때부터 저렇게 시끄러웠었나?'

샤라포바의 소음 공해 작전(?)이 언제부터 시작됐는지 정확하게 모르고 있는 영석은 고개를 갸웃할 따름이었다.

끽, 끼기긱!! 펑!!

"끄아아아!!"

랠리의 호흡을 능숙하게 조절하는 진희의 평소 전략이 발현

됐다.

즉, 지금 진희가 보낸 공은 상대가 누구라도 능히 따라잡아서 손쉽게 처리할 수 있는 공이란 것이다.

하지만 샤라포바는 이 공에도 유별날 정도의 괴성을 지르며 팔을 휘둘렀다.

"큭……."

하나의 코트, 그보다 훨씬 넓은 관중석.

샤라포바는 홀로 수천 명의 관중들이 낼 법한 소음을 계속해서 냈다.

이재림은 아예 귀를 틀어막고 눈까지 질끈 감았다. 코트와 가까운 관중석이라 더욱 시끄럽게 느껴진 것이다.

"……."

영석은 인상을 찌푸린 상태로 진희의 얼굴을 살폈다.

'혹시나 이런 걸로 짜증 나서 멘탈 무너지면 안 되는데……'

끼익, 끽!

아니나 다를까.

재빠르게 샤라포바가 보낸 공을 따라잡은 진희의 스윙이 어딘가 모르게 과격하다.

콰아앙!!

쎄엑—

지금까지의 구질과는 전혀 다른, 빠르고 강한 플랫성 볼이 쭉 뻗어나가, 샤라포바의 다리가 닿지 못할 곳으로 뻗어간다.

쿵!

베이스라인을 훔치며 뒤로 속절없이 날아가 버린 공.

숨통을 완벽하게 끊어버리는 진희의 샷이 마침내 터졌다. 포인트를 따낸 훌륭한 공이었지만, 진희를 잘 알고 있는 관계자들은 고개를 갸웃했다. 공이 너무나 우악스러웠기 때문이다.

"후우우우우……."

한차례 포효를 내지를 것만 같았던 진희는 모두의 예상과는 반대로 엄청나게 긴 한숨을 내쉬었다.

기껏해야 단 한 번의 숨이었지만, 천근의 무게가 느껴졌다.

관자놀이에 볼록 솟아 있던 혈관이 자취를 감추며 사라졌고, 벌겋게 물들었던 안면이 창백하게 변했다.

"……."

차분하게 멘탈을 정리하는 진희의 모습을 본 영석은, 팔에 소름이 돋은 것도 인지하지 못하고 입을 떡 벌렸다.

'처음 겪는 유형의 선수인데… 마인드컨트롤이 저 정도로 가능하다니…….'

관중에서만 들어도 짜증이 날 정도로 큰 굉음이었다.

영석 자신이 코트에 있었다면 최소한 살벌하게 노려봤을 거다. 그게 비록 상대가 소리 지르는 것에 아무런 효과가 없는 대응일지언정.

하지만 진희는 달랐다.

짜증을 꾹꾹 눌러 담아 어떻게든 자신의 포인트로 흐름을 끊고는, 평소의 성격에서 전혀 유추할 수 없는, 참으로 차갑고 냉정한 판단과 그것을 실현시킬 수 있는 의지를 선보인 것이다.

"역시 세계 1위의 위엄!"

놀라움의 답은, 옆에 있던 이재림이 알려주었다.

'맞아. 진희는 세계 1위야.'

그 위대한 세레나와 윌리엄스 자매도, 그런 자매와 라이벌 구도를 그리던 애넷도… 모두 진희에게 밀리고 있는 추세다.

그 단순하면서도 놀라운 사실을 새삼 인지한 영석의 눈이, 마치 생경한 것을 바라보는 듯하다.

*　　　　*　　　　*

샤라포바의 소음 공해는 더 이상 진희에게 아무런 영향을 주지 못했다.

코트 위에 남은 건, 랭킹 50위권과 1위의 냉엄한 실력 차이 뿐이었다.

"……."

펑!!

끽, 끼긱!

펑!!

그리고 샤라포바는 더 이상 입으로 소리를 내지 않았다.

'낼 수 없는 거겠지.'

완벽한 전의 상실.

넘어설 수 없는 실력의 벽에 가로막힌 샤라포바는, 차마 보기 힘들 정도로 가련해 보였다.

도저히 1세트에서의 그 파릇파릇하면서도 힘이 넘치는 플레이를 펼쳤던 선수라고는 여겨지지 않았다.

그리고 진희는, 온몸으로 카리스마를 내뿜으며 한 구, 한 구에 혼을 집중해 포인트를 쌓아갔다. 그 모습에서 영석의 그림자를 본 것인지, 이재림의 안색이 딱딱하게 굳는다.

"왜인지 내가 당하는 것 같은데?"

"이럴 때는 공격력이 조금 아쉬워."

영석은 동문(東問)에 서답(西答)을 했다.

"……?"

"기회잖아. 더 철저하게 밟을 수 있는 아주 확실한 기회. 그럴 때 서브나 그라운드 스트로크에서 '강한' 샷을 구사할 수 있으면 훨씬 깔끔하게 게임을 끝낼 수 있지."

"너무 많은 걸 바라는 거 아냐? 저렇게 플레이해서 이미 톱인데?"

"…그럴지도."

콰앙!!

들릴 리 없는 영석의 말이 전해졌을까.

자신의 서브 게임에서 매치 포인트를 맞이한 진희는 이번 대회 최고의 서브를 꽂아 넣으며 숨을 껄떡이고 있는 샤라포바의 목을 확실하게 찔렀다.

"게임 셋 매치 원 바이……."

완벽한 확인 사살과 여유로운 태도.

신예의 깜짝 승리를 기대했던 일부 사람들의 가슴을 서늘하게 만드는 아우라가 진희의 몸에서 유감없이 뿜어져 나왔다.

　재팬 오픈.

　WTA 티어Ⅲ에 해당하는 이 대회에서, 진희는 완벽한 승리를 끝으로 우승을 차지했다.

　"조금 위험한 선수였어."

　어느새 영석이 한눈팔았다는(?) 사실을 잊었는지, 진희는 찜찜한 표정을 하고는 영석에게 말을 건넸다.

　"그래? 시끄러워서?"

　"아니, 잠재력이 엄청나. 음, 잘하면 몇 년 안에 5위 안에 들겠어. 한 2년? 3년?"

　그럴 성격도 아니면서 스스럼없이 남을 평가하는 진희가 신기했는지, 영석이 한 번 더 물었다.

　"어떤 면에서?"

　"힘은 세레나보다 조금 못하지만, 감각적인 능력은 훌륭했어. 발도 꽤 빠르고, 서브는 잘 다듬으면 세계 톱급이 될 수 있고."

　"……."

　미래를 아는 영석은 침묵으로서 진희의 감별 능력에 대한 감탄을 대신했다.

　진희는 자신의 라이벌로 자라날 샤라포바의 특징을 다시금 머릿속에 각인시켜 놓고 영석에게 불쑥 물었다.

　"결승 상대가 승진 선배라며? 조금 의외네."

　"…그러게."

영석을 제외하고도 한국의 ATP선수들은 무섭다. 특히 이재림은 'ATP 선정 올해의 신인' 목록에 들어갈 거라는 전망까지 보이고 있는 상황. 거기에 노련한 이형택까지 있으니 고승진이 여기까지 올라온 것 자체가 굉장히 신기한 일이다.

"선배들이랑 붙을 때는 늘 좀 그래. 마음이 불편하달까? 나야 아주 가끔 윤정 언니 만나는 정도에서 끝나지만……."

"…음."

침음을 흘리는 것 같기도, 진희의 말에 동감한다는 의사인 것 같기도 한 묘한 대응을 보인 영석은 이내 진희의 어깨를 툭툭 두드리며 빙긋 웃었다.

"코트 위에 들어서면 남남이라고 생각해야지. 생면부지(生面不知)의 낯선 사람."

"……."

차가운 말이었지만, 진희는 따듯하게 웃으며 자신의 어깨 위에 놓인 영석의 손을 마주 잡았다.

"힘내."

*   *   *

남자부 단식 결승이 시작되었다.

최영태의 바람대로, 혹은 박정훈이 꿈꿔왔던 대로, 결승이 진행되는 도쿄의 코트 전광판에는 태극기 두 개가 위아래로 박혀 있었다.

위는 이번 대회 1번 시드인 이영석, 아래는 예선전부터 힘겹게 올라선 고승진이었다. 고승진의 랭킹은 200위권이었다.

"…오히려 영석이가 부담 좀 받겠는데요?"

관중석에 앉은 이형택이 최영태에게 질문했다.

"아무래도 그렇겠지."

최영태는 고개를 끄덕이며 영석이 받고 있을 높은 부담감에 대해 수긍했다.

그 누구도, 테니스에 빠삭한 전문가부터, 테니스는 단 하나도 모르는 문외한까지… 모두 영석의 승리를 점하고 있었다.

메이저나 서양 ATP500 이상의 대회와는 달리, 아시아에서 펼쳐지는 재팬 오픈은 참가 선수의 면면이 그리 수준 높지 않았다.

선수 리스트에서 돌출된 영석의 존재가 신기할 정도.

그런 와중에 고승진이라는, 인지도가 거의 없는 선수와의 결승은 어찌 보면 싱거울 정도였다.

"그래도 영석인 정신력이 강하니까요."

"하긴……."

진희가 영석을 변호(?)하자, 이형택이 고개를 끄덕인다.

2002년 부산 아시안 게임의 국가 대표 선발전에서 영석에게 시원하게 패배했던 경험을 떠올린 것이다.

'졌지만 후회는 없었어. 승진아, 너도 최소한 스스로를 괴롭히지 않는 경기를 했으면 좋겠다…….'

이형택의 시선이 딱딱하게 긴장된 듯한 고승진에게 박혀 있었다.

　　　　　　*　　　　　*　　　　　*

　쾅!!

　이견 없는 세계 최고의 서브가 어김없이 고승진에게 벼락처럼 꽂혔다.

　그 누가 상대여도 자신은 상관없다는 의지가 느껴지는 듯한, 어찌 보면 비정하기까지 한 서브다.

　끽! 펑!

　대표팀 동료로 지냈던 경험 덕분인지, 아니면 끊임없이 긴장된 탓에 몸이 창졸지간에 움직인 것인지 고승진은 곧장 팔을 뻗어 허우적대며 라켓을 휘둘렀다.

　정확히 어디로 올지 보고 치는 것이 아닌, 예상에 가까운 스윙을 선보였다. 마치 야구 선수가 165㎞/h이상의 직구에 배트를 냅다 휘두르는 것처럼 말이다.

　차르륵—

　그리고 그 공은 아깝게 네트를 넘어가지 못했다.

　영석은 무저갱같이 깊은 눈으로 고승진을 일별하고는 애드 코트로 향했다.

　'장난 아니군…….'

　고승진은 그런 영석을 힐끗 보고는 입고 있는 상의를 손으로 잡고 펄럭였다. 식은땀이 벌써 난 것 같은 느낌 때문이다.

　퉁, 퉁, 퉁, 퉁, 퉁…….

어느새 애드 코트에 자리한 영석이 기계적인 느낌으로 공을 바닥에 튕긴다.

정확히 다섯 번.

그 후에 공은 훌쩍 날아 공중을 유영한다.

덜덜덜—

긴장감이 극도로 가해지자, 고승진의 다리가 저도 모르게 잘게 경련한다.

몸이 딱딱하게 굳어 있다는 방증이다.

콰앙!

다시금 벼락처럼 날아드는 서브가 터지자, 고승진은 휙 몸을 날리려다가 뻣뻣하게 제자리에 굳어 팔을 휘두르지 못했다.

"……."

그제야 자신의 다리가 긴장으로 딱딱하게 굳어 있다는 것을 깨달은 고승진은, 라켓을 잠시 겨드랑이에 끼우고는 양손으로 뺨을 강하게 쳤다.

짝—

"……."

소리가 제법 컸는지 영석이 고승진을 물끄러미 쳐다본다.

그 시선이 자신에게 머물고 있다는 것을 깨달은 고승진의 뺨이 벌겋게 물든다. 때려서 부어오르는 것인지, 부끄러워서 그런 것인지 모를 일이다.

'정신 차리자. 이건 기회야, 기회!'

이형택의 조언이 떠오른 고승진의 눈에는, 이영석이라는 '후배'는 더 이상 존재치 않았다.

신과 같은 업적을 쌓고 있는 전설적인 '선수'가 존재할 뿐이었다.

"아자!"

가볍게 소리를 지른 고승진은 힘찬 발걸음으로 듀스 코트를 향했다.

그 모습을 보는 영석의 입가에 의미를 알 수 없는 작은 미소가 떠오른다.

*　　　　*　　　　*

4 : 1.

1세트는 빠르게 진행되고 있었다.

3세트 경기라 두 세트만 한쪽에 쏠리면 바로 끝나기 때문에, 영석으로서는 1/3정도 진행됐다고 느껴졌다.

스코어로 판단하자면, 실로 압도적인 격차를 보이고 있었고, 실제로 경기 내용도 둘 사이에 아득할 정도로 벌어져 있는 기량 차이를 여실히 드러내고 있었다.

'…계속해서 좋지 않은 선택을 하고 있어……. 하지만 선배 입장에선 답이 없다는 것도 맞아.'

몸은 어느 정도 풀린 것 같지만, 이제는 얼굴이 굳어버린 고승진을 보며, 영석은 미묘한 안타까움을 느꼈다. 머릿속으로 이대로 고승진을 처참하게 무너뜨릴 수 있는 방법 수십 가지가 동시에 떠오른 탓이다.

지극히 프로다운, 그 누구도 감탄할지언정, 욕을 할 수 없는 그 냉혹한 심계에 스스로 질린 것일까, 영석이 제법 큰 동작으로 팔을 돌리며 어깨를 푼다. 관절과 근육이 투둑거리며 감정의 찌꺼기를 털어내 주었다.

"……."

답이 없다는 생각을 영석만 하고 있던 건 아닌지, 고승진의 안색 역시 처참하게 물들어갔다. 그리고 관객들도 시소가 어느 쪽으로 기울었는지 알고 있다는 분위기를 풍겼다. 관중석의 이형택 또한 마찬가지였다. 코트에 차가운 기운이 넘실댄다.

이형택과 이재림은 지금 이 순간, 파키스탄과의 데이비스컵 경기가 오버랩되는 것 같은 감각을 느꼈다.

'…자신의 서브 게임에서 흔들리면 안 되는데…….'

고승진을 바라보는 이형택은 누구나 알고 있는 정답을 생각했지만, 한편으로는 고승진의 심정이 십분 이해가 된다는 듯 고개를 끄덕이고 있었다. 미간은 찌푸려져 있고, 눈동자는 따뜻했으며, 입은 단단히 다물고 있었다. 그 복잡한 감정 표현은 참으로 묘한 분위기를 자아냈다.

"…흠."

옆에 있던 이재림이 이형택을 힐끗 보더니 난감하다는 듯 신음을 흘렸다.

'인정사정이 없군…….'

당연하면서도 새삼 영석의 진면목을 알 수 있었던 1세트 초반을 떠올리며, 이재림은 씁쓸한 표정을 지었다.

*   *   *

쾅!!

영석의 첫 번째 서브 게임은 너무나도 허망하게 지나갔다.

두 개의 서브 에이스가 포함된 단 네 개의 서브로 서브 게임을 가져간 것이다. 에이스를 제외한 두 개의 서브에 용케 반응한 고승진이었지만, 공은 단 한 번도 네트를 넘어가지 못했다.

스코어 1 : 0.

이제 고승진의 서브 게임.

퉁, 퉁, 퉁.

가볍게 공을 바닥에 튕긴 고승진의 안색은 그리 나쁘지만은 않았다.

어차피 영석의 서브에 눈이 익기까지는 시간이 소요될 것이라고 판단한 것이다. 그도 아니면, 아직 현실감이 들지 않았을 수도 있다.

그러나 고승진이 미처 생각하지 못한 것이 있으니, 영석은 리턴에도 정평이 나 있는 선수라는 것이다. 그것도 굉장히 강하고 빠른 타이밍으로 잡아 치는 리턴 말이다.

쾅!

쾅!!

185㎝정도의 건장한 체구인 고승진이었지만, 서브만큼은

200㎞/h전후의, 평범한 수준이었고, 타구음이 채 울려 퍼지기도 전에, 연이어 터진 굉음에 놀란 상태로 영석이 섬전처럼 휘두른 라켓을 멀거니 볼 수밖에 없었다.

쉭— 쿵!

포물선이 거의 느껴지지 않는, 완벽한 직선 형태의 궤적을 그린 공이 애드 코트로 찍히는 모습을 지켜본 고승진은 마치 정신이 살해당하는 것 같은, 끔찍한 고통을 느꼈다.

'…이런 게… 세계구나.'

단 한 번의 휘두름.

그것은 마치 정해진 '운명'처럼 고승진에게 다가왔다. '패배'라는 운명 말이다.

거의 한국 내에서만 시합을 하고, 가끔 아시안 게임이나 데이비스컵에 참가하여 아시아 선수들과의 대전을 했던 고승진에게 영석의 플레이는, 그야말로 별천지였다.

같은 대표팀으로 머물고 있으면서 공을 섞을 기회는 얼마든지 있었음에도 지금에서야 생생한 격차를 알게 됐다. 머리로는 알고 있었어도, 대회라는 '무대'에서 마주하는 영석의 기량은 또 달랐던 것이다. 쉽게 말해, 2002년 부산 아시안 게임 때와는 또 다른 차원의 영역이었다.

'어떻게든 랠리전으로 끌고 가야 해.'

고승진은 끔찍한 절망감이 핏줄을 돌고 있는 와중에도, 자신의 살길을 찾아 헤맸다. 선수로 살아가려면 당연히 가져야 하는 '생존 본능'이 발휘된 것이다.

'내가 플랫으로 아무리 빠르게 쳐도, 영석이한테는 쉬운 공에 불과해. 같은 플랫이라도 조금이라도 저놈을 움직이게 만들어야 시간을 벌 수 있다. 랠리로 끌고 가기만 해도 가능성은 있다.'

통, 통, 통…….

애드 코트에서 생각을 정리한 고승진은 이내 공을 공중에 띄웠다.

영석의 눈에 이채가 발한 것도 그때였다.

'생각하는 게 다 보여. 방금 전의 리턴 에이스를 생각하면… 애드 코트에서의 서브고… 거의 90%확률로 센터로 짧게 떨어진다.'

두 손으로 백핸드를 치는 영석이 조금이라도 많은 움직임을 할애해야 하는 코스는 지금으로선 센터밖에 없었다. 고승진뿐 아니라, 수많은 유수의 선수들이 보이는 의식의 흐름이었다.

쾅!!

이윽고 서브가 터졌다.

고도의 집중력이 발휘된 고승진은, 본인은 모르고 있겠지만 210㎞/h의 빠른 서브를 날렸다. 본인 최고의 기록을 뛰어넘은 속도의 서브다.

하지만 집중하고 있는 영석의 눈에는 그저 '평범한 서브'에 불과했다. 코스조차도 예상에서 단 한 톨도 벗어나지 못했다.

끽!

차라리 여유롭기까지 한 스플릿 스텝이 펼쳐지고, 우측으로 크게 한 발을 내디딘 영석이 양팔을 위맹하게 휘둘렀다. 양손으로 잡아서인지, 라켓의 궤적은 방금 전의 리턴보다 더 간결하고 선이 곧았다. 그리고 힘은 더 강했다.

쾅!

다시금 고승진의 오픈 스페이스인 듀스 코트로 빠르게 날아가는 공.

고승진은 이전과 달리 이를 악물고 공을 쫓으려 했지만, 채 두 걸음을 디디기도 전에 공은 이미 훌쩍 지나가 있었다.

"러브 서티(0 : 30)."

까드득.

심판의 선언과 함께 고승진이 이를 가는 소리가 섬뜩하게 울린다.

'젠장……'

1세트 두 번째 경기.

이제 여섯 개의 포인트가 지나갔다. 경악스럽게도, 이 모든 포인트는 서브—리턴으로만 구성되어 있었다. 이형택이 말했던 '한 구, 한 구에 집중하는 플레이'가 펼쳐질 생각조차 하지 못하고 있는 것이다.

*   *   *

쿵!!

—오오오오!

짝짝짝…….

몇 번이고 계속 봐도 놀라울 정도의 단호함과 대담한 선택, 그리고 그것을 성공시키는 출중한 기량에 관중들은 매번 박수와 탄성을 뿌렸다.

"……!"

그 소리에 정신을 차린 이재림은 상념을 끝마치고 반사적으로 전광판을 바라봤다.

⟨5 : 1⟩

"……."

1세트의 마지막 게임이 될 확률이 높은 이 순간, 고승진을 기다리고 있는 것은, 무자비한 영석의 서브다.

관전하는 입장이지만, 선수로서 자신을 대입해 본 이재림은 기가 질린 얼굴이었다.

"저건… 음……."

힐끗 옆을 다시 바라보자 이형택은 몸을 숙인 상태로 턱을 괴고 날카로운 시선으로 코트를 바라보고 있었다. 보고 있는 것만으로 땀이 나는지, 등이 흥건하게 젖은 것이 보인다.

"너무 가혹하다. 고작 2년 전이야. 승진이랑 영석이가 붙어 본 건. 그런데 지금은… 도저히 답이 안 나와."

"외람되지만, 선배님도 혹시 대입해 보셨나요? 승진 선배의 입장에."

이재림의 입 밖으로 나온 말은 맹랑하게 들릴 수도 있는 질

문이었지만, 조심스러운 어조였기에 건방지다는 느낌은 전혀
들지 않았다.

이형택이 고개를 끄덕이며 답했다.

"물론이지. 네 게임. 1, 2세트 둘 다 내가 지고, 내가 얻을 수
있는 건 그 정도일 거야."

"…저도 비슷해요. 이젠 끝인 줄 알았는데, 저놈은 더 위로
올라가고 있어요. 끝이 없나?"

퉁, 퉁, 퉁, 퉁, 퉁…….

두 선수가 관중석에서 괴로워하고 있는 것을 알 리 없는 영
석은, 자신의 서브 게임을 맞이하여 듀스 코트에서 차분히 공
을 다섯 번 튕길 뿐이었다.

그 모습에서 어떤 감정을 느낀 것인지, 이재림은 험한 소리
를 쏟아냈다.

"…니 똥 굵다. 젠장. 내가 꼭 한 번은 이긴다. 진짜. 무슨 일
이 있어도. 목숨을 걸어서라도."

"……."

자신의 옆에서 도리어 승부욕을 불태우고 있는 이재림이 신
기했을까, 이형택이 허리를 반듯하게 펴고 고승진을 바라봤다.

'…어쩌다가 우리 다음에 이런 애들이 나왔냐……. 힘내라.'

*   *   *

펑!!

영석의 라켓을 떠난 공이 큰 포물선을 그리며 서비스라인으로 휘어져 들어간다.

세컨드 서브인 것이다.

영석이라고 해서 100%의 확률로 퍼스트 서브를 플랫 서브로 주구장창 꽂아 넣을 수는 없는 법. 기회라고 여긴 고승진의 얼굴에 악귀 같은 일그러짐이 깃든다.

끽, 끼긱, 끽!

수려하진 않지만, 투박하면서도 간결한 스텝이 이어지고 고승진의 한이 담긴 스윙이 찬란하게 꽃피웠다.

콰앙!

공이 오픈 스페이스를 찌르고 들어온다.

끽, 끽!

이 순간만큼은 천하의 영석이라고 해도 바쁘게 움직여야 했다. 급박하게 뛰는 와중에도, 영석의 눈은 시종일관 침착했다. 이제야 테니스다운 움직임이 생겨난 것이 오히려 반가운 것이다.

'회전 좋고, 힘도 좋아. 속도도 빠른 편이고. 깨끗하다. 하지만 베이스라인 안쪽 20㎝는 되겠는데? 플랫으로 때려 친 거에 비하면 조금 짧아.'

끼이이익—

왼발을 길게 뻗어 순식간에 타점과의 거리를 좁힌 영석이 차분하게 팔을 휘두른다.

쾅!

이번에는 눌러 치는 것이 아닌, 스핀을 잔뜩 먹인 공이었다.

'보여주시죠.'

견고한 그라운드 스트로크로 정평이 나 있는 상대인 고승진.

어찌 보면 대부분의 한국인 선수들이 갖고 있는 장점이었지만, 그중에서도 톱이면 얘기가 다르다.

끽, 끽.

막혔던 답답함이 풀어진 것을 느낀 것인지, 고승진이 스텝이 점점 더 화려해지고 있었다.

끽!

강하게 오른발을 내디딘 고승진이 왼팔을 공으로 향하며 몸을 시계 방향으로 잔뜩 꼰 뒤 일거에 풀어내며 오른손으로 쥐고 있는 라켓을 자연스럽게 공에 댄다.

콰앙!!!

드라마틱한 기세의 변화에 맞춰, 타구음이 하늘을 찌를 듯 강하게 울려 퍼지고, 공기를 쪼개고 있는 회전을 품은 공이 네트를 넘어온다.

영석은 공이 네트를 넘는 그 순간, 고승진의 포핸드 스트로크에 대한 평을 마쳤다.

'좋아. 재림이랑 비슷하거나 좀 더 나은 정도. 다만⋯⋯.'

끽, 끽!

탄력적으로 몸을 놀린 영석은 공을 따라잡아 강하게 눌러쳤다. 코스는 고승진이 지금 서 있는 곳에서 조금 우측을 노렸다. 대신, 서비스라인에 떨어지는 짧은 코스를 노렸다.

쾅!

빠른 플랫성 공이 터지고, 고승진이 예상 낙하지점을 향해 무섭게 돌진한다.

쾅!

그리고는 냅다 오른팔을 휘두른다. 대각선을 그리며 네트를 넘어오는 공을, 이번에도 영석은 정밀하게 분석했다.

'자세가 바뀌니 방금 전의 공이 안 나와. 손목으로 감아 쳤다는 것을 감안해도 속도도 느리고, 위력 자체가 없어. 이건 재림이보다 못해.'

만약 고승진이 자세와 상황에 상관없이 일정한 품질의 공을 넘길 수 있었다면, 지금보다 훨씬 높은 위치에 있었을 것이다. 그 점을 명확하게 인지한 영석은 섬뜩한 눈빛을 흘렸다.

'끝내자.'

콰앙!!

고승진으로서는 최선을 다해 넘긴 공이었지만, 영석은 여유롭게 따라붙어 양팔을 휘둘렀다.

자세가 조금 무너졌지만, 공은 여지없이 빠르고 곧게 날아가 구석을 날카롭게 찔렀다.

6 : 1, 6 : 2.

고승진의 인생에 다시없을 엄청난 결승전은 일방적인 스코어로 끝을 맺었다.

"…정말 대단하다, 너."

"……."

네트에 다가와 인사를 나눠야 하는 시간.

고승진이 불쑥 말하자 영석은 머리를 긁적이는 것으로 답을 대신했다.

"내 인생 최악의 경기였어."

"……"

"그리고 최고의 경기였고."

최악과 최고를 동시에 만끽한다는 것. 그것은 스포츠라는 특수성에 기인한다. 영석은 고개를 끄덕이며 고승진을 가볍게 안았다. 어쩔 줄을 몰라 취한 행동이다.

"앞으로 자주 볼 칠 수 있는 시간을 가졌으면 좋겠어요. …형."

"…이제야 형이냐?"

고승진이 피식 웃더니 심판을 향해 걸어가며 영석의 가슴을 살짝 두드렸다.

"계속 승승장구해라. 마음은 처참해도, 네가 자랑스러우니까."

"……"

불편한 것일까, 어려운 것일까.

영석은 해야 할 말이 있을 것 같아 몇 번이고 입을 달싹였지만, 끝내 대화의 마지막을 장식하지 못했다.

고승진은 그 모습까지 지켜보고는 영석에게 등을 보인 상태로 심판과 인사를 나누고 코트에서 빠져나갔다.

Chapter 86

스퍼트(Spurt) — 역주하다

누군가에게 큰 기대를 받고 있다는 것은 양면성을 짊어지는 것과 같다.

기대를 받음으로써 힘을 낼 수 있다는 긍정적인 측면의 효과가 있고, 기대가 어깨를 눌러 부담이 되는 부정적인 측면의 효과가 있다.

중요한 건, 자신에게 주어지는 기대를 어떻게 컨트롤하느냐이다.

"…너희는 정말이지……"

박정훈이 감개무량한 눈으로 영석과 진희를 얼싸안고 있었다.

"왜 이래요, 징그럽게."

"으으… 아저씨 냄새."

영석과 진희가 장난스러운 말을 던지며 박정훈에게서 벗어났다. 세월이 아무리 흘러도 이 셋의 관계는 늘 비슷비슷했다.

최영태는 늘 그렇듯, 조금은 방관자적인 모습으로 이 희극을 지켜보고 있었다.

"너희가 잘 모르는 게 있는데, 난 엄청 냉정한 사람이야. 이러는 일이 없다고. 그래, 안 그래? 김서영 기자."

박정훈이 몸을 멈추고 낮게 깔린 목소리로 꿍얼댄다.

카리스마를 풀풀 날리는 자신의 모습을 상상했겠지만, 아저씨의 귀여운 투정이었을 뿐이다.

"…흥."

호명당한 김서영은 뉘 집 개가 짖냐는 식으로 고개를 팩 돌렸고, 진지한 눈으로 헛소리를 이어가고 있는 박정훈을 향해 영석과 진희가 이구동성으로 한마디 날렸다.

"눈물이나 닦고 말씀하세요."

"…쳇."

박정훈이 눈 아래를 훔치며 괜히 불퉁거려 봤다.

그럼에도 눈앞에서 싱글싱글 웃고 있는 두 선수를 보니 마음이 크림처럼 흐물흐물 녹아내린다. 자꾸자꾸 칭찬하고 싶고, 무엇이라도 더 해주고 싶었다.

"멋지다, 진짜!"

덧쌓이는 기대의 양이 얼마가 되었든, 그 모든 것에 가볍게 부응하며 대단한 행보를 보인 영석과 진희가 너무나 자랑스러웠는지, 박정훈은 그새를 못 참고 또 둘에게 돌진하려 했다. 둘은 진저리를 치며 등을 돌려 달아나기 시작했다. 그런 둘을 쫓는 박정훈의 머릿속에 11월을 맞이한 지금까지의 폭풍 같은 행보가 다시금 행복하게 떠올랐다.

*   *   *

미녀 대전, 한국인들 간의 대결.

파격적인 대결이 성사됐던 재팬 오픈.

영석과 진희는 '왜 일본 언론이 이 둘을 이토록 가만두질 않았는가'에 대한 답을 명쾌하게 내놨다. 각자의 결승 상대에게 단 한 세트도 내주지 않은 채 경기를 끝내 버렸기 때문이다. 심지어 이 둘은, 이번 대회 내내 그 누구에게도 한 세트를 내준 적이 없었다. 꽤나 자주 이런 일이 벌어져 대부분의 사람이 이 위업을 모르지만 말이다.

각설하고, ATP와 WTA 1위의 위업을 다시 한번 유감없이 선보였는데, 이로 인해 많은 사람들이 영향을 받게 되었다.

우선은 '아시아의 맹주'를 자처하는 일본에게서 큰 반향이 일었다.

'세계에서 통하는 재목'을 양성하는 것에 아시아에서 가장 열정을 쏟아붓는 나라였기에, 영석과 진희가 아시아를 훌쩍 벗어나 세계를 호령하고 있다는 사실을 가장 뜨겁게 받아들이고 있었다. 영석과 진희를 우러르면서도 부러워하는 것에서 그 태도가 나타났는데, 열등감이라는 고통을 만천하에 공개하여 스스로에게 향상이라는 의지를 부과하려는 것이다. 참으로 일본다운 대처였다.

또한 이번 재팬 오픈을 관람한 많은 한국의 테니스 지도자들은 제2의 이영석과 김진희를 키워내기 위해 자신의 지도 방침에 대한 고민을 하게 됐다. 2002년에 영석과 진희가 아시안 게임을 싹쓸이하며 이름을 알리다가 2003년에 유명세를 폭발시키자, 테니스에 대해 관심을 갖게 된 학부모들이 아이들을 테니스에도 발을 걸치게 만든 것이다.

이런 상황에서 지금까지처럼, 방어적인 테니스, 고만고만한 수준의 선수들 사이에서 높은 승률을 얻기 위한 테니스에 대해 근본적인 회의감을 갖고, 이 기회를 잘 이용할 수 있는 방안에 대해 깊은 고민이 지도자들 사이에 당연하다는 듯이 퍼지고 있다.

이유는 자명하다.

키를 쥐고 있는 두 존재가 너무나 위대한 행보를 보이고 있기 때문이다. 더불어, 고승진과 조윤희는 한국 테니스의 집약체와 같은, 상징적인 존재이기 때문이다.

"…일이 년으로 될 일이 아니지만."

최영태는 다소 냉소적으로 반응했다. 어떤 시스템으로 한국 테니스가 굴러가고 있는지 그 누구보다 잘 알고 있는 최영태는, 늘 그렇듯 '한국 테니스'에 대해 다소 염세적인 반응을 보였다.

"변한다는 데 의의가 있는 거죠 뭐."

함께 보던 잡지를 내려놓고 영석이 말하자, 박정훈이 고개를 크게 끄덕인다. 본인이 쓴 기사이기 때문이다.

"최 코치님도 도와주세요. 이게 보통 일이 아닙니다."

최영태도 당연히 한국인 선수들이 많이 활약했으면 하는 바람이 있다.

불퉁한 얼굴과는 달리, 최영태는 순순히 고개를 끄덕였다. 입 밖으로는 애써 퉁명스러움을 유지하며 말이다.

"…우선, 아이들이 이번 시즌을 잘 끝내는 것만 생각하렵니다."

최영태에게 영석과 진희는, 존경스러운 선수임과 동시에 여전히 '품에 안긴 사랑스러운 아이들'이었다.

영석과 진희는 재팬 오픈이 끝난 10월 초부터 시즌의 끝을 향해 마지막 스퍼트를 내었다.

메이저 대회는 모두 끝났지만, 여전히 굵직굵직한 대회들은 꽤나 남아 있었기 때문이다. 그리고 최종적으로 ATP의 경우는 Tennis Masters Cup, WTA는 Tour Championships이라 불리는 '왕중왕전'이 둘을 기다리고 있었다.

결코 정신적인 긴장도를 떨어뜨릴 수 없는 일.

용두사미(龍頭蛇尾)가 아닌, 용두용미(龍頭龍尾)를 위한 원대한 여정이 시작된 것이다.

―ATP : Vienna Open, Madrid Open, Paris Masters.

―WTA : Stuttgart Open, Zurich Open, Luxembourg Open.

마드리드와 파리에서 열리는 ATP대회는 마스터스에 해당하여 무려 랭킹 포인트 1,000이 걸려 있었고, 슈트가르트는 티어II, 취리히는 티어I에 해당하는 큰 대회였다.

약 4주간 영석과 진희는 총 세 개의 대회에 참가하게 됐다.

다소 빡빡할 수 있었지만, 메이저 대회가 끝났다는 정신적인 해방감이 육체의 컨디션을 기이할 정도로 좋게 만들었다. 마치 고지가 얼마 남지 않았을 때 도리어 힘이 나는 것처럼 말이다.

"…빨리 시즌 끝내고 너랑 놀러 다니고 싶어."

그럼에도 불구하고 영석의 품에 안겨 꼼지락거리는 진희의 말에 진한 아쉬움이 담겨 있었다.

오스트리아—스페인—미국—프랑스를 한 달 동안 경유하는 영석과는 달리, 진희는 독일—스위스—룩셈부르크를 돌아다녀야 하기 때문이다.

떨어져서 지내는 것이 익숙할 법도 하지만, 진희는 여전히 헤어져서 세계를 돌아다니는 일이 마뜩지 않은 모양이었다.

그리고 이번만큼은, 영석도 '그래도 얼마 안 남았잖아.' 등의 무드 없는 말을 할 수가 없었다.

꽈악—

오히려 진희를 강하게 안으며 진한 그리움을 피웠다.

"…꼭 그렇게 하자."

"…응."

최영태가 다시 진희와 함께 일정을 돌고 강춘수와 비엔나로 온 영석은 가뿐하게 결승전까지 올랐고, 아주 흥미로운 기회를 얻었다.

바로 복수할 수 있는 기회 말이다.

〈Roger Federer〉

2003시즌 유일무이한 패배의 원흉(?)이자, 영석의 피를 뜨겁게 끓어오르게 하는 선수인 페더러를 만난 것이다.

"……."

거의 모든 선수가 영석을 만나면 긴장을 하고 있는 와중에, 페더러만큼은 형형한 눈빛을 하고 '대등'하게 영석과 마주하고 있었다.

'사람이… 이렇게도 바뀌는군.'

지금까지의 자신과 윔블던 이후의 자신은 너무나 다른 사람이란 걸 유감없이 보이고 있는 듯하다. 그 자신감과 끝없는 자존감. 그리고 '아직' 근거는 없는 드높은 프라이드까지. 페더러는 이미 샘프라스의 뒤를 잇는 '황제'의 아우라를 뿜어내고 있었다.

피식.

영석은 그런 페더러의 기세를 온몸으로 가볍게 받아들였다.

후웅―

그리고 내뿜는 강렬한 기세.

'아쉽게도, 이미 등극은 했어. 바로 이 몸이.'

쨍한 투지가 영석의 눈빛에서 이글거리자, 페더러의 눈에서도 폭발적인 에너지가 엿보이기 시작했다.

비엔나 오픈.

그리 크지 않은 이 대회는 '新 황제' 이영석과 그런 황제에게 일격을 먹인 유일한 '혁명가' 페더러의 대결로 일약 엄청난 관심을 받게 되었다.

쾅!!

마치 찬물을 끼얹는 것 같았던 영석의 서브가 지금만큼은 불길에 떨어지는 기름처럼 폭발적인 열정을 느끼게 만들었다. 그 열기가 얼마나 뜨거웠는지, 경기를 관람하는 모두의 폐가 팽창하는 공기로 빵빵해졌다.

끽, 끽!

펑!!

비록, 본인이 영석만큼의 서브는 못할지언정, 리턴은 능히 해낼 수 있는 페더러의 움직임에 여유가 있다. 영석은 그 여유가 '1승'에서 기인하는 것 같아 절로 투지가 솟았다. 상대 전적을 따지면, 훨씬 앞서는 데도 말이다.

'역시… 지금은 네가 유일무이하다.'

쉬익─

쏜살같이 날아오는 리턴은, 탄력적이고 치명적이었다.

코스 또한 100분할의 10번이라고 여겨질 정도로 구석을 찌르고 있었다.

아웃인지 인인지 감히 예단할 수 없게 만드는 공.

단 한 구에서 느껴지는 페더러의 기량은, 그 본인이 보이는 자신감만큼이나 대단했다.

'나라고 그때의 내가 아니지.'

승리에서 얻은 기량과, 패배에서 얻어낸 기량. 무엇이 더 위일지 시도해 보려는 영석의 표정이 아이처럼 짓궂다.

끽, 끽!

치명적인 리턴에 대응하는 영석의 방법은 실로 간단하다.

빠르게 달려가서, 다리를 찢고, 그대로 중심을 잡아 왼팔을 강력하게 휘두른다.

누구나 시도할 수 있지만, 누구도 영석만큼은 못 하는 샷이 펼쳐졌다.

쾅!

공을 친 후 재빨리 허릿심으로 몸을 반듯하게 일으켜 세우는 영석이나, 영석이 칠 것을 알고 긴장을 단 한 올도 놓고 있지 않은 상태에서 바로 반응하고 있는 페더러나… '세계에서 가장, 그리고 테니스 역사에서 가장 아름다운 몸놀림'을 보이고 있는 선수들이 한자리에 모여 경이로운 움직임을 보이자 코트는 침묵으로 빠져든다.

차가운 긴장감이 아닌, 황홀한 감상의 시간이 흐른다.

세트 스코어 3 : 2.

6 : 3, 4 : 6, 5 : 7, 6 : 4, 7 : 5의 스코어에서 알 수 있듯, 영석과 페더러의 결승은 윔블던 결승을 다시 생각나게끔 만드는 엄청난 혈전이었다.

무대의 격보다 선수의 격이 훌륭한 경기를 만든다는 것을 증명한 이번 비엔나에서의 결승은 기어코 영석이 승리를 하게 되며 끝을 맺었다.

"……."

영석은 벌벌 떨리는 허벅지를 애써 티 내지 않으며 네트로 걸어갔다. 오늘의 패배자 페더러가 비교적 멀끔한 모습으로 네트 앞에서 기다리고 있었기 때문이다. 경기를 이겼음에도 그 모습을 보자 발끈 오기가 생기고 만 영석은 그런 스스로가 웃겼는지, 자조적인 미소를 지었다.

"완벽한, 아주 재밌는 경기였어."

페더러가 영석의 미소를 어떻게 해석했는지, 호감이 가득한 말로 대화의 포문을 열었다. 영석은 그 모습에 마침내 빙긋 웃고는 답했다.

"그래. 재밌었어."

"…많은 대단한 선수를 만나봤지만, 아직까지는 네가 최고야."

몇 개 국어를 능란하게 한다는 소문이 사실이었는지, 영석에 맞춰 영어로 대화를 하고 있음에도 의미가 있는 그대로 잘 전해졌다. 페더러의 말에 눈썹을 꿈틀한 영석이 공격적으로 들어온 말을 끄집어냈다.

"아직?"

"…내 목표니까. 반드시 널 이기고 내가 '최고'가 될 거야."

자신이 알고 있던 '영상 속의 페더러'와는 달리, 지금의 페더러는 도전적이고, 저돌적이었으며, 그럼에도 일말의 여유를 갖고 있었다. 자신이 최고가 될 거란 말에 한 치의 흔들림조차 느껴지지 않았으니 말이다.

영석은 오히려 투쟁심으로 안구를 가득 채웠다. 번들거리는 빛이 사뭇 위협적이었다.

그러나 입 밖으로는 여유로운 위엄을 내뱉었다.

"그것 참 영광이군. 언제든, 어디서든, 어느 상황에서든 너와의 시합을 기다릴게."

"…그래."

날카롭게 날이 선 대화 같았지만, 둘을 감싸고 있는 분위기는 '끈끈한 라이벌 의식' 그 자체였다.

*　　　*　　　*

비엔나에서의 대전.

'숙명'이라는 단어가 이렇게 가볍게, 혹은 이렇게 쉽게 마주칠 수 있다는 것이 신기했던 페더러와의 대전이 영석의 의지를 또다시 돋웠다.

활활 타올라서 더 이상 탈 여지가 없어 보였던 영석은, 그 후에도 믿기지 않는 승리를 쌓았다. 두 마스터스 시리즈를 가뿐하게 모두 우승한 것이다.

페레로를 비롯하여 로딕 등의 강자들이 기를 쓰고 덤벼봤지만, 2003년의 영석은 가히 '절대자'였다. 무엇보다도 '이미 이겼던 상대'에게 패배한다는 상황 자체를, 영석은 용납하지 않았다.

여타 다른 종목에서도 마찬가지이지만, 수많은 별들 중에서도 독보적으로 빛나고 있는 영석은, 다른 별의 빛을 싸그리 다

죽일 정도로 찬란했다.

때때로 전해 들은 진희의 행보 또한 마찬가지였다.

영석처럼 천적이 없이, 압도적인 모습을 보인다기보다, WTA를 휘어잡고 있던 트렌드를 깨부숨으로써 절대자의 자리에 오른 진희는, 여전히 조금만 삐끗하면 잡아먹히게 마련인 '파워 테니스'의 선두 주자들과 거듭 시합을 하게 되었다.

이 관계는 상당히 평등해서, 상성이랄 것이 없었다. 매번 가위바위보를 끊임없이 펼쳐서 상대의 수를 읽고 승리를 거둬야 한다는 점에서, 진희는 영석보다는 조금 힘들게 왕좌를 유지하고 있는 것이다.

그러나 진희는 복잡한 문제를 명쾌하게 해결할 수 있는 정신력을 가진 선수다.

한 구, 한 구에 집중을 해서 당면한 것들을 모두 자신이 원하는 방향으로 해결한 진희는 세레나, 에넹은 물론이고, 신흥 강자로 떠오른 킴 클리스터스에게까지 모두 승리를 거두며 왕중왕전 전의 일정을 성공적으로 마쳤다.

"영석아~!"

"진희야!"

그리고 둘은 그렇게 염원하던 재회를 하게 되었다.

마지막 일정을 앞둔 탓인지, 서로의 체온이 그렇게도 감격적일 수가 없었다.

그리고 그 체온은, 지금까지의 것과는 다르게 느껴졌다. 둘 모두에게 말이다.

*   *   *

"가만 보자……."

방 안에서 영석과 진희를 쫓아다니는 걸 포기함과 동시에 회상을 마친 박정훈은 주섬주섬 가방에서 무엇인가를 꺼내들었다.

촤르륵—

그것들의 정체는, 진희와 영석의 시합 모습이 담긴 사진들이었다.

"오오……."

꽤나 자주 사진들을 보여줬었기에, 영석과 진희는 스스럼없이 다가와 사진 구경을 했다.

실제로는 별로 궁금하지 않지만, 일종의 셋만의 커뮤니케이션인 것이다.

"골라 드리면 되는 거죠?"

진희가 묻자 박정훈은 고개를 끄덕였다.

탁.

영석과 진희는 한 장의 사진을 각자 뽑았다.

"역시 영석 선수는 페더러네."

"아무래도 이 인간하고는 오래갈 거 같아서요."

내심을 적당히 숨기고 말한 영석에게 사진을 돌려받은 박정훈이 수첩에다가 영석의 말을 받아 적었다.

"…아무래도 이 선수와는 오래 만날 것 같다……. 좋아. 진회 선수는… 클리스터스군."

진희 또한 짧은 평을 남기며 사진을 돌려줬다.

"물론, 누가 뭐라고 해도 세레나가 최고지만, 이상하게 세레나한테는 앞으로의 투어에서 별로 안 질 것 같아요. 나랑 궁합이 잘 맞는 건가?"

"…세레나에겐 궁합이 최악이겠지."

영석이 거들자 진희가 빙긋 웃고는 말을 이었다.

"그런데 클리스터스는… 이상하게 꺼림칙해요. 뭔가 세레나완 종류가 달라. 아직 이 선수를 상대로는 자신감이 부족해요."

"흠흠……."

박정훈이 고개를 끄덕이며 진희의 평을 수첩에 받아적었다.

진희는 박정훈을 기다려 준 후, 뒷말을 이었다.

"그리고 샤라포바. 음, 되게 인상적이었어요. 냉막(冷漠)하게 생겨서는… 묘하게 사람을 자극하는 느낌이 있었어요. 그러고 보니 셋 다 파워지상주의네요. 조금씩 격차가 있는 부분은, 각자의 고유한 특징 같은 걸로 보완하고 있고……."

박정훈은 진희의 평에 눈을 반짝였다.

"맞아. 전문가들도 WTA를 양분하는 데에 진희 선수와 같은 기준을 내렸어. 힘을 대표하는 세레나와 클리스터스, 기술을 대표하는 김진희, 에넹."

"뭐… 투어를 돌면서 자꾸 만나다 보면, 싫어도 알 수밖에 없지만요."

진희가 어깨를 으쓱이며 답했다.

찰칵찰칵—

그리고 그 모습은, 영석의 말이 끝나자마자 돌변해서 카메라를 쥐어 든 김서영의 뷰파인더에 빠짐없이 찍혔다.

*   *   *

마지막 일정이 잡혔다.

"정말 끝까지 겹치지 않네. 한곳에서 하면 오죽 좋아?"

밥을 먹고 가볍게 산책을 나가는 길.

어쩐 일로 영석이 먼저 불만을 표시했다.

이미 알고 있었다지만, 막상 날짜가 닥쳐오자 진희와 떨어지게 된 것이 못내 섭섭한 것이다.

11월 4일부터 시작되는 WTA Tour Championships은 미국 Los Angeles에서 열리고, 11월 10일에 끝난다.

ATP의 Tennis Masters Cup은 미국 Houston에서 11월 8일에 시작하여 11월 16일에 끝난다.

영석은 진희의 후반 일정을 보지 못하고, 진희는 자신의 대회가 끝난 후, 휴스턴으로 건너가 영석의 남은 시합을 볼 수 있는 스케줄이다.

영석의 팔짱을 끼고 걸어가고 있던 진희는 의외라는 눈을 하더니 짓궂은 표정을 하곤 물었다.

"왜, 나랑 떨어지는 게 그렇게 싫어?"

"응. 너무 싫다."

"……"

예상하지 못한 즉각적인 대답에 진희는 순간적으로 말을 잃었다. 그런 진희의 침묵을 가르며 영석이 부드럽게 말했다.

"생각해 보면 우리 엄청 오래 만났어."

"그… 렇지."

연인으로 발전한 시간은 얼마 되지 않았지만, 삶의 절반 이상을 이미 함께했기에 둘은 이제 서로를 '타자(他者)'가 아닌 자기 자신으로 여길 정도였다.

"…시간이 지날수록 욕심이 생겨."

"……"

갑작스럽게 진지해진 영석의 태도에 찔끔 놀란 진희는 얼굴을 붉힌 채 땅만 보고 있었다.

그러나 사실 영석은 최근, 진희를 보며 시시각각 달라지는 자신의 마음에 꽤나 혼란을 느끼고 있었다. 그것이 진희도 마찬가지였는지는 영석으로선 알 도리가 없지만, 그는 혼란스러운 자신의 마음을 조금이나마 표현하기로 마음먹은 상태였다.

"지금까지의 생활과 크게 달라지는 건 없겠지만… 앞으로는… 조만간……"

필요할 때는 늘 달변(達辯)을 펼쳤던 영석이지만, 마음에 담기 어려울 정도로 뜨거운 것을 입 밖으로 내뱉는 것에서는 지난함을 겪었다. 의미가 있는 듯 없는 듯한 단어들이 삐죽삐죽 입술을 비집고 나올 뿐이었다.

"…응."

그리고 그게 무엇을 뜻하는 건지 본능적으로 어렴풋이 알아
차린 진희는 여전히 고개를 푹 숙인 상태로 빨간 얼굴을 숨기
고 있었다. 영석은 그런 진희를 흘깃 바라보며 얼마 전, 강춘수
와 유럽 투어를 돌 때를 떠올렸다.

    *   *   *

비엔나와 마드리드에서 연달아 우승을 하고, 마지막 행선지인
파리에 도착한 영석은 공항에서 택시를 타고 숙소로 향하던
중 기사에게 물었다.

"파리에서 명품 쇼핑을 하려면 어디로 가야 할까요?"

"……?"

영어로 물었더니 못 알아듣는 듯, 기사는 눈빛으로 당황함
을 내비쳤다.

"…파리에서 명품 쇼핑으로 유명한 곳이 어디입니까?"

옆에 있던 강춘수가 매끄러운 불어로 기사에게 물었다. 이
상황에 대해 궁금한 것보다, 영석이 필요로 하는 것을 해결하
는 데 집중하는 모습이다.

"몽테뉴 거리(Avenue Montaigne)가 유명하고, 귀금속류는 방
돔 광장(Place Vendome)이 좋습니다."

"감사합니다."

많이 듣는 질문인 듯, 기사는 막힘없이 술술 말해줬고, 강춘
수는 그대로 영석에게 전했다.

"…고마워요. 숙소에 도착하고 괜찮은 귀금속 매장 좀 수배해 줘요. 아니, 같이 갑시다."

"네."

이렇게 둘이 투어를 다닐 때, 강춘수는 잠자는 시간만 빼고 하루 종일 영석과 딱 붙어 함께 다닌다. 에이전트 겸 매니저의 역할을 아주 훌륭하게 하는 것인데, 그로 인해 영석은 어딜 가도 강춘수와 함께해야 하는 불편함(?)이 있었다.

'비밀이 없군.'

그러나 그것이 그리 불쾌한 건 아니었는지, 영석은 다시 좌석에 등을 묻으며 피식 웃었다.

짐을 간단하게 풀고 강춘수와 함께 방돔 광장(Place Vendome)에 온 영석은 수많은 건물들이 팔각형을 이루며 광장을 형성한 아름다운 모습에는 관심이 없다는 듯, 빠르게 쇼윈도를 훑었다. 그 모습이 사뭇 열정적으로 보였는지, 강춘수가 걱정스러운 어조로 물었다.

"찾으시는 게 있습니까?"

"…모르겠어요."

"네?"

황당하다는 듯 강춘수가 되물었지만, 영석은 대답을 하지 않고 계속해서 빠르게 돌았다.

"오, 좋네요."

그러고는 한 가게 앞에서 간판을 하염없이 보더니 한마디 말을 남기고는 냉큼 가게 안으로 들어갔다.

"반갑습니다."

가게 종업원은 동양인이 들어오자 반사적으로 영어로 응대했다.

"…음……."

말문이 막힌 영석은 침음을 흘리더니 뜨문뜨문 말을 뱉었다.

"반지… 볼 수 있을까요?"

"…이쪽으로 오시길."

상기된 듯하면서 전체적으로 차분해 보이려는 듯한 기묘한 영석의 신색에 종업원은 군말하지 않고 영석을 안내했다.

"흐음……."

영석은 눈앞에 나열된 십수 개의 반지들을 보고 또다시 고민을 시작했다.

방돔 광장(Place Vendome)의 귀금속 숍은 한국과는 달리, 굉장히 프라이버시에 대한 존중이 강했는데, 거의 별실에 가까운 곳에서 상담을 하는 구조로 되어 있다.

지금 영석이 고민하고 있는 장소에도 영석과 강춘수, 그리고 종업원뿐이 없었다.

"춘수 씨."

"네."

한참을 고민하던 영석이 이제야 차분해졌는지, 강춘수에게 말을 걸었다.

"내가… 요즘 좀 이상해요. 아, 경기에 지장이 있진 않고요. 그냥… 진희랑……."

자신의 갈망을 정확히 정의내리지 못했는지, 영석은 우물쭈물거렸다.

"반지라는 것은… 프로포즈입니까?"

보다 못한 강춘수는 짤막한 한숨과 함께 베일에 싸여 있는 갈망의 '구체적인' 모습을 만천하에 드러냈다. 영석의 눈에 이채가 깃든다.

"그런 것 같… 아니, 맞아요."

타인에게 속내를 들켰지만, 영석은 그제야 속이 시원한 듯 본래의 차분한 신색으로 돌아가 눈으로 반지를 훑으며 말을 쏟아냈다. 너무나 정리가 잘된, 깔끔한 말이었다.

"어쩌다 보니 춘수 씨가 먼저 제 고민을 듣게 되는군요. 관계(關係)에 대해 고민했었어요. 저와 진희는… 아니, 저는 진희와의 관계를 공고히 하고 싶습니다. 그래서 고민을 했죠. 관계란, 공고히 할 수 있는 영역에 속한 것인가? 만약 그렇다면 지금 진희와의 관계는 공고하지 않은 것인가? 공고하게 하려고 한다면, 어떻게 해야 하는가."

"……."

먹물 냄새 나는 식자(識者)도 아니면서, 영석은 잘도 현학적인 말을 쏟아내고 있었다.

"남녀의 관계에서, 그 궁극에 위치한 것은 뭘까. 그곳에 도달하기 위해서는 사람의 의식(意識)이 중요한 것일까, 의식(儀式)이 중요한 것일까. …아, 이거랑 이거, 저거로 좁혔습니다."

말을 하던 도중 영석은 손가락으로 세 개의 반지를 고르며 영어로 말했고, 종업원은 조용히 나머지 반지들을 한쪽으로 치웠다.

한편, 강춘수는 조용히 영석의 말을 경청하고 있었다.

의식이라는, 발음은 같고 뜻이 다른 단어가 두 번 나왔지만, 영민한 강춘수는 그 뜻이 서로 다름을 능히 짐작하고 있었다.

"결론은, 저는 진희에게 저희의 관계에 대해 질문을 던질 겁니다. 만약 진희가 그 질문에 대해 나와 같은 답변을 한다면, 그때는 격식을 차린 의식(儀式)이 우리의 관계를 보다 발전시키겠죠. 그런 의미입니다, 이렇게 반지를 고르는 것은 말이죠."

"…알겠습니다."

그렇게 영석은, 한참 동안을 더 반지를 고르는 것에 집중했다. 강춘수는 조용히 영석의 뒤에서 선택을 기다려 주었다.

은은한 조명 밑에서 조용하고 웅대한 선택을 치르는 모습이, 고즈넉한 파리의 저녁을 차분하게 장식했다.

*   *   *

상념을 마친 영석은 조용히 진희를 응시했다. 진희는 여전히 얼굴이 홍당무처럼 빨갰다.

고개를 돌려 정면을 바라본 영석은 숙소를 발견하고는 아쉬움과 안도감이 공존하는, 묘한 표정을 지었다. 잠시간의 산책이 끝을 알리고 있는 것이다.

"시즌이 끝나면… 같이 있을 시간이 많아지겠지."

벌써 몇 번째인지 모를, 똑같은 말이 영석의 입 밖으로 나왔지만, 이번만큼은 진희에게 다르게 전달됐다.

"…그 기간이 너무 짧아서 아쉽지만."

서로에게 흐르는 일상적이면서도 특별한 기류를 감지하고 있는 것인지, 영석의 말에 응대한 진희의 말은, 촉촉하고 설레는 수줍음을 타고 흘렀다.

와락—

그 모습이 너무나 사랑스러워, 영석은 기어코 진희를 강하게 안았다.

"…좋아해."

"나도."

숙소 앞, 주황빛 알맹이들이 허공을 비춰 어스름한 밤의 정취를 자아내는 그곳에서, 둘은 한 그림자가 되었다.

『그랜드슬램』 11권에 계속…

1. 마리야 샤라포바(Maria Sharapova)

1.1 통산 커리어

통산 전적 532승 127패 (81.97%)
통산 타이틀 37
최고 랭킹 1위 (2005년 8월 22일)
현재 랭킹 5위 (2014년 6월 9일)
통산 상금 $30,463,706

메이저 대회 : 우승 5회
호주 오픈 우승 (2008)
프랑스 오픈 우승 (2012, 2014)

윔블던 우승 (2004)

US 오픈 우승 (2006)

올림픽 Silver medal(2012 런던)

1.2 선수 활동

샤라포바는 1987년 4월 19일 소비에트 연방 러시아 SFSR 냐간에서 아버지 유리와 어머니 엘레나의 딸로 태어났습니다. 그녀의 부모는 샤라포바가 아직 태중에 있었던 1986년 체르노빌 원전 사고가 일어나자 이것이 태아에게 미칠 영향을 우려해 원래 거주하던 소비에트 연방 벨로루시 SSR 호멜(Gomel)을 떠나 이주해 왔습니다.

그녀가 2세가 되었을 때 그녀의 가족은 소치로 이주했으며, 그곳에서 그녀의 아버지는 친구 알렉산드르 카펠니코프와 함께 그의 아들 예브게니 카펠니코프가 메이저 대회에서 우승하는 데에 도움을 주었습니다. 샤라포바는 4세 때 처음으로 알렉산더 카펠니코프에게 라켓을 선물받았으며, 이때부터 지역 공원에서 정기적으로 연습을 하기 시작했습니다.

6세 때는 마르티나 나브라틸로바가 모스크바에서 운영하는 테니스 클리닉에 참가했습니다. 이때 나브라틸로바는 샤라포바를 닉 볼리티에리 테니스 아카데미에 보내 전문적인 훈련을 받도록 할 것을 권했습니다.

닉 볼리티에리 아카데미는 미국 플로리다 주에 있는 것으로, 안드레 애거시나 모니카 셀레스, 안나 쿠르니코바와 같은 걸출한 스타 선수들을 많이 배출한 세계적인 아카데미였습니다. 샤라포바와 그녀의 아버지는 둘 다 영어를 할 줄 몰랐지만, 그녀가 7세였던 1994년에 미국 플로리다로 이주했습니다. 그러나 비자 문제로 인해 그녀의 어머니는 2년 후에야 플로리다에 올 수 있었습니다. 샤라포바의 아버지는 그녀가 아카데미에 들어가기 전 레슨비를 벌기 위해 접시닦이 등의 허드렛일을 해가며 어렵게 돈을 벌었습니다. 1995년 그녀는 에이전시사인 IMG와 계약하면서 아카데미에 입학하게 되었습니다.

이후 그녀는 주니어 시절 및 프로 데뷔 초까지 매우 빠르게 성장하여 2004년에 17세의 나이로 윔블던에서 우승하여 생애 첫 메이저 대회 타이틀을 획득했습니다. 이후 2년간 그녀는 8개의 WTA 대회 타이틀을 획득했으며 두 번에 걸쳐 잠시 여자 세계 랭킹 1위에 오르기도 했습니다. 그러나 이 기간에 5번 진출했던 메이저 대회 준결승에서는 모두 패하여 우승에 실패했습니다. 이후 2006년 US 오픈에서 우승하면서 생애 두 번째 메이저 대회 타이틀을 획득했습니다.

2007년 그녀는 오른쪽 어깨 부상으로 여러 대회에서 기권해야만 했습니다. 이로 인해 3년 만에 처음으로 세계 랭킹 5위권

바깥으로 밀려나기도 했습니다. 2008년 들어 호주 오픈에서 우승하면서 세계 랭킹 1위에 잠시 복귀하기도 했으나, 결국 같은 해 10월에 어깨 수술을 받게 되었습니다.

수술 이후 그녀는 2009년 5월에 복귀할 때까지 10개월 간 휴식을 가졌으며, 이로 인해 랭킹이 100위권 바깥으로 밀려났습니다. 복귀 이후 그녀는 2009년 말 15위권까지 랭킹을 회복했습니다. 이후 2012년 프랑스오픈에서 우승하여 커리어 그랜드슬램을 달성과 더불어 세계 랭킹 1위로 재도약했습니다. 2016년 6월, 금지 약물 양성 반응을 보여 국제 테니스 연맹 ITF로 부터 2년간 자격 정지 징계를 받았습니다. ITF는 샤라포바의 고의성은 인정되지 않지만, 도핑에 대한 전적인 책임은 샤라포바에게 있고, 사안이 중대해 2년 징계를 내렸다고 입장을 발표하였습니다. 이에 샤라포바는 고의성이 없었음에도 2년의 자격 정지 징계를 내린 것은 너무 부당한 조치라며 국제스포츠중재재판소 CAS에 항소하겠다는 뜻을 밝혔습니다.

1.3 광고 활동

뛰어난 테니스 실력 못지않은 출중한 외모 덕분에 샤라포바는 매년 대회 상금 수입보다 훨씬 더 큰 규모의 광고 수입을 벌어들이고 있습니다. 2005년 4월 피플紙는 그녀를 세계에서 가장 아름다운 유명 인사 50인 중 한 명으로 선정했습니다. 2006년 맥심紙는 그녀를 4년 연속 세계에서 가장 섹시한 운동선수로 선정했습니다.

　영국의 잡지 FHM紙에서 실시한 설문 조사에서 그녀는 '재산과 외모'를 모두 고려했을 때 일곱 번째로 가장 결혼하고 싶은 미혼 여성으로 뽑혔습니다.

　프린스의 라켓을 사용하는 샤라포바는 2003년까지는 트리플 쓰레트 호넷(Triple Threat Hornet) 라켓을 사용했으며, 이후 2004년 US 오픈까지는 다른 몇 가지 모델의 라켓들을 사용했습니다. 그녀는 2004년 윔블던 결승전에서 사용했던 라켓을 Live with Regis and Kelly을 함께 녹음한 레지스 필빈에게 기증하기도 했습니다. 이후 그녀는 프린스 샤크 OS(Shark OS) 모델을 사용하다가, 2006년 1월부터는 O3 화이트 모델을 사용하기 시작했습니다. 그후에도 어깨 부상의 영향으로 2008년 7월에는 라켓을 스피드포트 블랙(Speedport Black) 모델로 바꾸었습니다.

　2007년 포브스紙는 그녀를 세계에서 가장 많은 연봉을 받는 여자 운동선수로 꼽았습니다. 이 해 그녀의 수입은 2,600만 달러를 상회했으며, 그중 대부분은 광고 및 스폰서 수입이었습니다.

　샤라포바는 다니엘라 한투코바, 린제이 데이븐포트, 비너스 윌리엄스 등 당대의 다른 유명한 여자 선수들과 함께 다수의 테니스 관련 비디오 게임상에서 캐릭터로 나왔습니다. 그녀가 캐릭터로 나왔던 대표적인 게임은 톱 스핀 시리즈, 버추어 테니스 시리즈, 그리고 그랜드슬램 테니스 등이 있습니다.

2006년 스포츠 일러스트레이티드紙에서 그녀가 세계에서 가장 많은 연봉을 버는 여자 운동 선수로 선정되었을 때, 그녀는 농담조로 다음과 같이 말했습니다.

"아직 부족해요. 더 벌어야죠. 돈은 많이 벌수록 좋은 거니까요."

*자료의 상당 부분은 위키피디아를 참조하였습니다

초대형 24시 만화방

신간 100%, 샤워실, 흡연실, 수면실(침대석), 커플석, 세탁기 완비

▪ 시흥 정왕25시점 ▪

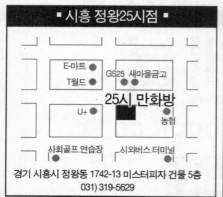

경기 시흥시 정왕동 1742-13 미스터피자 건물 5층
031) 319-5629

▪ 강북 노원역점 ▪

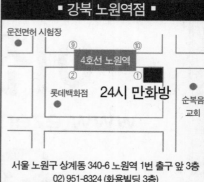

서울 노원구 상계동 340-6 노원역 1번 출구 앞 3층
02) 951-8324 (화용빌딩 3층)

▪ 일산 정발산역점 ▪

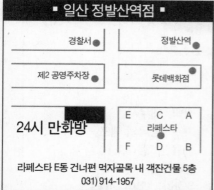

라페스타 E동 건너편 먹자골목 내 객잔건물 5층
031) 914-1957

▪ 일산 화정역점 ▪

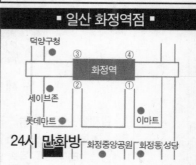

경기도 고양시 덕양구 화정동 984번지 서일빌딩 7층
031) 979-4874 (서일사우나 건물 7층)

▪ 부천 역곡역점 ▪

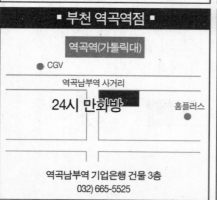

역곡남부역 기업은행 건물 3층
032) 665-5525

▪ 부평역점 ▪

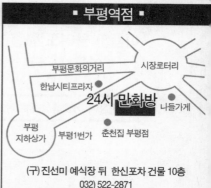

(구) 진선미 예식장 뒤 한신포차 건물 10층
032) 522-2871